L'Homme sans lumière

Du même auteur

Aux Éditions Héloïse d'Ormesson

José, 2007. Pocket, 2009.

Richard Andrieux

L'Homme sans lumière

Roman

Éditions Héloïse d'Ormesson

www.editions-heloisedormesson.com

ISBN 978-2-35087-098-4

La pire des souffrances est dans la solitude qui l'accompagne.
André Malraux

Personne ne sait combien de temps peut durer une seconde de souffrance.
Graham Greene

À Pierre

I

Cher monsieur,

Jeanne m'a quitté il y a maintenant trente-sept jours et trente-sept nuits.

Avant de partir, elle m'a dit qu'elle ne m'aimait plus. Comment ne pas la croire. Je pense qu'elle a rencontré quelqu'un. C'est encore un terrible choc pour moi, même si je savais qu'elle me quitterait un jour.

Une semaine après son départ, j'ai voulu me quitter moi aussi, mais je n'ai pas pu ; la mort me fait peur. Il est probable que je finisse ma vie un peu comme vous, simplement par habitude.

Si vous saviez à quel point Jeanne peut me manquer…

Je ne lui en veux pas d'être partie. Comment pourrais-je lui en vouloir ? Je n'ai toujours été qu'un petit homme triste, sans avenir ni passé. Un pas-grand-chose, en quelque sorte.

Je ne sais pas briller, je n'ai jamais su. C'est d'ailleurs un miracle qu'elle soit restée à mes côtés pendant près de sept ans.

Pour vous, c'est une tout autre histoire. Votre épouse, elle, n'est pas partie de la même manière, il y a quatre ans. Moi quand je pense à Jeanne, je préférerais la savoir morte comme votre femme, plutôt qu'heureuse avec un autre que moi. Quel monstre je suis, n'est-ce pas ? C'est pourtant la triste vérité.

Quand je vous vois revenir du cimetière, vous semblez à chaque fois un peu plus sombre. Comme je vous comprends, et comme tout cela me fait peur.

Aujourd'hui, vous et moi, nous sommes seuls, et notre vie est plutôt derrière nous. À bien y réfléchir, ce n'est peut-être pas plus mal.

Pourquoi tenons-nous autant à la vie? Vous le savez, vous ? Est-ce pour ces rares instants de bien-être, qui nous encouragent à croire qu'il y en aura d'autres ? C'est bien possible, même si je suis persuadé que nous tenons à vivre parce que nous ne tenons pas trop à mourir.

Ce n'est pas rien la mort, quand on y pense – même quand on n'y pense pas d'ailleurs…

Moi je sais que je n'irai pas au ciel, car je ne crois pas aux forces de l'esprit. Pour autant, mon corps ne servira pas de cantine aux asticots : je veux que l'on me brûle. Je finirai comme Jeanne d'Arc, mais sans la douleur.

Vous vous demandez sans doute pourquoi je vous écris tout ça, à vous. C'est vrai, vous ne me connaissez pas. Mais moi, je vous connais. Vos habitudes, vos souffrances, votre passé, je sais bien des choses sur votre vie. Et si vous n'avez jamais entendu parler de moi, c'est simplement parce que j'ai toujours su me faire discret.

La première fois que je vous ai vu, c'était il y a un peu plus d'un an, un matin au bar de la Civette. Vous lisiez votre journal, quand d'un geste maladroit vous avez renversé votre café. Vous vous êtes excusé trois fois auprès du serveur pendant qu'il nettoyait la table. Vous sembliez très gêné, presque désemparé. Ça m'avait touché. Moi, j'étais au comptoir. Je vous regardais. Vous ne m'avez pas vu.

Depuis cet instant, je n'ai cessé de m'intéresser à vous. J'ai commencé par vous suivre de temps en temps dans la rue, puis de plus en plus souvent. À tel point qu'aujourd'hui quand je vous suis, par habitude, je sais toujours à peu près où nous allons.

J'aime vous épier, c'est mon plaisir. Mes plaisirs sont rares, vous savez?

Il y a environ quatre mois, je me suis mis à vous écrire des lettres que je ne vous ai jamais envoyées. Au début, ces lettres, je les déchirais. Aujourd'hui, je les garde pour moi. Demain, peut-être, vous les lirez. Allez savoir…

Je vous écrirai bientôt.

Cordialement.

Il faut que je vous dise : votre visage me trouble beaucoup. Vos yeux sont comme les miens, ils ne sont faits que pour pleurer.

Plus je vous observe, plus j'ai la conviction que nous vivons dans le même ennui, dans la même souffrance, avec cette même incapacité à approcher le bonheur.

Moi j'aime respirer la douleur chez les autres ; elle me permet de me sentir un peu moins seul avec la mienne. C'est une des raisons pour laquelle je m'intéresse à quelqu'un comme vous ; vous avez connu tant de malheurs dans votre vie.

Je ne pense pas seulement à la mort de votre femme, mais également à ce fardeau dont personne ne vous parle plus, et que vous devez porter depuis toutes ces années comme une croix gluante et sale.

Rassurez-vous, je ne m'éterniserai pas sur la conduite qu'a pu avoir votre père durant l'Occupation. Vous étiez jeune, trop jeune sans doute pour savoir. Quand on voit aujourd'hui cette extrême droite qui n'arrête pas de gagner des voix à chaque élection, c'est à se demander si les gens ont un peu de mémoire…

Croyez-moi, cher monsieur, je ne veux pas vous blesser en évoquant votre passé familial. Si je me permets de vous en parler, c'est simplement pour que vous sachiez que je suis au courant, rien de plus… Et puis vous pouvez me faire confiance, je sais me taire. Depuis quelque temps, je ne fais plus que ça.

Bien cordialement.

Vous savez que je vous dois le respect? De deux petites années, vous êtes mon aîné… Avouez que ça n'a pas d'importance, d'autant que nous faisons vous et moi dix ans de plus que notre âge. Notre calvitie n'arrange rien à l'affaire…

À ce propos, j'ai lu dans un sondage que les femmes se laissaient plus facilement séduire par des hommes chauves. Elles nous trouveraient plus attachants et plus sincères que les autres. J'en doute : si, à plus de soixante ans, nous nous retrouvons seuls, ce n'est pas vraiment par choix…

J'ai une question à vous poser : comment préféreriez-vous mourir ? Des suites d'une longue maladie à l'hôpital, ou d'ennui ?

Bien à vous.

❧

Hier, en début d'après-midi, je vous ai encore suivi. Pour tout vous dire, je ne vous ai pas senti très en forme. Vous sembliez plus abattu. Vous aviez du mal à marcher. J'ai bien senti que quelque chose n'allait pas.

Avez-vous un problème de santé ? Vous a-t-on fait part d'une mauvaise nouvelle ? Je commence à bien vous connaître, vous savez ?

Comme tous les vendredis, vous vous êtes arrêté au petit kiosque vert pour acheter un bouquet de gerberas, puis vous êtes allé au cimetière. Je vous ai longtemps observé devant la tombe de votre femme. Vous lui avez encore parlé… Au tout début, je vous trouvais un peu pathétique avec ça, mais très vite je me suis ravisé et je m'en suis voulu. Après tout, si ça peut vous faire plaisir de croire que votre épouse vous entend de là-haut, quelque part entre deux nuages.

Mais revenons sur terre et surtout à vous. Aujourd'hui, j'ai encore appris quelque chose : vous détestez la pluie, sinon vous n'auriez jamais quitté le cimetière aussi vite.

Vous auriez pu penser à prendre un parapluie ; le ciel était très menaçant. J'aurais aimé vous prêter le mien. Moi la pluie ne me gêne pas, je m'en accommode, comme du reste d'ailleurs. Ah, si seulement nous étions amis…

Je dois sortir faire quelques courses. Je vous écrirai plus longuement tout à l'heure.

On prétend qu'il ne se passe jamais rien dans notre petite ville, c'est faux. Je viens d'apprendre que le chien de notre boulangère, Mme Perrot, est mort, écrasé par un bus. Elle peut toujours pleurer, elle n'avait qu'à le tenir en laisse son gentil toutou, au lieu de le laisser gambader.

Moi, à part les oiseaux, je n'aime pas les animaux. Ni les enfants. D'ailleurs je n'ai jamais voulu en avoir. Jeanne aurait bien aimé à une époque, mais j'ai toujours su dire non. En plus, elle avait déjà un fils de onze ans.

C'est à cause de lui que j'ai toujours refusé que l'on habite ensemble. Je ne l'ai jamais aimé ce môme. Pour être franc, je crois que c'était réciproque.

Avec Jeanne, on avait chacun notre appartement, et c'était très bien comme ça. Sauf que parfois, pour les après-midi d'amour, il fallait faire attention aux horaires d'école.

Jeanne n'était jamais vraiment à l'aise quand on faisait ça chez elle. Elle avait toujours peur que le petit ne rentre à l'improviste. J'avais beau lui dire qu'il n'y avait rien à craindre, elle n'arrivait pas à se détendre. Ce que les femmes peuvent être compliquées parfois. Le soir, c'était pareil : il ne fallait pas faire de bruit pour ne pas réveiller le gamin. Ce qui fait que le plus souvent, on ne couchait pas, et je rentrais dormir chez moi. Très vite, les rapports entre Jeanne et moi se sont espacés. La faute aussi à ce fichu temps qui passe.

J'ai appris récemment que vous aviez une fille de trente-trois ans qui vit à l'étranger. Je crois savoir qu'elle est célibataire et qu'elle travaille dans l'informatique. Vous pouvez en être fier, même si je sais qu'elle ne vient jamais vous voir.

Depuis quand n'avez-vous pas fait l'amour, cher monsieur ? C'est vrai, je ne vous connais aucune liaison, même passagère. J'ai peine à croire que depuis quatre ans, vous n'ayez eu la moindre relation. Je suis sûr que vous me cachez des choses…

Bonne soirée.

P.S. : J'ai envie de vous envoyer ces quelques lettres en une seule fois. En aurai-je le courage ? Rien n'est moins sûr…

SUR LES COUPS DE DIX-SEPT HEURES aujourd'hui, j'ai ressenti une sorte de plénitude assez inexplicable. J'étais en harmonie avec moi-même, avec les autres, avec la vie. Ça a duré une petite heure. Vous n'imaginez pas à quel point j'ai pu savourer ces instants. J'avais dans le cœur toute l'humanité qu'un homme peut avoir. J'étais gai, léger, insouciant, j'avais le sourire facile. Puis c'est passé, parce que tout passe. Et très vite, je me suis mis à repenser à vous.

Que pouviez-vous bien faire pour vous occuper en cette fin d'après-midi ? Je vous ai imaginé comme moi devant la télévision, en train de regarder une série américaine insipide. Sans le savoir, peut-être nous avons partagé la même histoire ?

L'ennui est le chemin le plus facile à trouver lorsqu'on est seul.

Quand je pense à tous ces gens qui détestent travailler et qui attendent impatiemment l'âge de la retraite… Et après, ils attendent quoi, de mourir ?

Je me souviens de mon dernier jour de travail ; c'était un vendredi. Je n'avais pas eu envie de fêter ça. Je savais déjà que ma vie allait être plus compliquée après, à cause de tout ce temps que j'ai pour moi, et dont je ne sais pas quoi faire.

Si je n'ai pas envie de m'étendre sur le métier que j'exerçais, c'est parce qu'il n'y a pas grand-chose à en dire. J'ai travaillé pendant trente-quatre ans au service comptabilité d'une fabrique de brosses à chaussures. Rien de passionnant. J'ai vu défiler des chiffres devant mes yeux jusqu'à l'âge de la retraite. Je ne m'en suis jamais plaint. Ça occupait bien ma tête.

Je sais que vous, durant toute votre carrière, vous avez été professeur de français. Voilà un beau métier. D'ailleurs si un jour je vous envoie ces lettres, il faudrait que je me relise, pour corriger les fautes d'orthographe. Je ne voudrais pas vous décevoir pour de simples détails…

À bientôt.

J'ai parfois envie de savoir où vous vous trouvez dans votre appartement. Quand je pense à votre vieille carcasse, je vous imagine le plus souvent dans votre salon devant la télévision, vautré dans un canapé en velours bleu. Autour de vous, je vois un grand tapis en laine de couleur beige, une armoire en chêne, une bibliothèque remplie de vieux livres, un fauteuil en cuir usé, une table basse en verre. Sur vos murs, quelques tableaux, surtout des natures mortes.

En parlant de nature morte, j'imagine qu'il doit y avoir des photos de votre femme dans votre appartement. Je ne sais pas pourquoi, mais je suis sûr que votre photo de mariage est accrochée dans le couloir. Je me trompe ?

Lorsque je pense à vous en train de vous faire à manger, vous êtes dans une cuisine assez petite, mais remplie d'ustensiles ; au milieu, une table ronde en bois d'olivier sur laquelle est posé un saladier rempli de pommes – vous en achetez tous les mercredis au marché.

En vérité, la seule chose que je puisse réellement voir chez vous quand vos rideaux ne sont pas tirés, c'est ce plafonnier en verre un peu baroque. Je l'aime beaucoup. Il est dans votre chambre, n'est-ce pas ?

Mon appartement à moi est quelconque. Il n'y a ni plafonnier, ni tableau, ni bibliothèque, et pas la moindre décoration. Il n'y a rien de trop : juste un lit, un frigo, une gazinière, un canapé, une télévision bien sûr, et toujours du vin à portée de main.

Demain c'est samedi. Je vous croiserai sans doute dans la rue ou au café où vous aimez lire votre journal.

Je vous laisse. Je n'ai plus de cigarettes, et le tabac va bientôt fermer.

❧

J'ai pris la décision cette nuit de vous envoyer toutes ces lettres. Si elles vous ennuient, vous n'avez qu'à les jeter ou les brûler. Faites-en ce que vous voulez, je ne vous en voudrai pas. Même si à cet instant j'ai la faiblesse de vous imaginer en train de me lire, page après page, en y trouvant quelque intérêt.

Sachez que je vous écris selon mes humeurs, quand cela me prend. Je ne date jamais mes lettres. Je ne change jamais le moindre mot, la moindre virgule, la moindre intention. C'est que j'écris comme je suis, même si je n'en suis pas particulièrement fier.

Je tiens à vous rassurer, je ne vous veux aucun mal, bien au contraire. Si par maladresse je devais vous blesser, je vous prie de m'en excuser.

Un jour peut-être, vous essaierez de savoir qui je suis. Ne vous fatiguez pas, vous ne trouverez jamais. Je suis peut-être fou, mais pas au point de ne pas prendre certaines précautions.

Sachez quand même que nous sommes voisins, enfin pour ainsi dire. De toute façon, dans notre petite ville de province, on est tous un peu voisins, n'est-ce pas ?

Au fait, je ne me suis pas présenté. Je m'appelle Gilbert Pastois, mais mon nom n'a pas d'importance, surtout si ce n'est pas le mien.

Merci de me lire.

J'ai appris ce matin dans le journal la mort d'Yves Montand. Je n'avais pas particulièrement d'admiration pour lui, mais il me semble que cet homme a eu une existence bien remplie. Si j'en crois ce que j'ai lu dans l'article, il aurait confié, peu de temps avant de s'éteindre dans l'ambulance qui le transportait, que sa vie avait été magnifique et qu'il ne regrettait rien. C'est beau de pouvoir dire ça avant de mourir. Il paraît qu'il était politiquement très à gauche à une époque ; je l'ignorais.

Vous savez, il ne se passe pas grand-chose dans ma vie ; alors je m'intéresse à celle des autres, aux morts, et à vous.

Je sais que vous connaissez ce couple qui tient une petite épicerie rue Saint-Séverin. Ce qui me fascine chez eux, c'est leur joie de vivre. Comment font-ils pour avoir toujours le sourire et un mot gentil ? L'autre fois, alors que je me plaignais de la grisaille et de mes rhumatismes, l'épicière m'a répondu qu'il fallait prendre la vie du bon côté.

Je n'ai pas osé lui dire que je n'avais jamais trouvé ce bon côté dont elle me parlait.

Parfois je les observe tous les deux, en train de se taquiner, parlant de tout et de rien avec la clientèle. J'aimerais bien les voir tristes, au moins une fois.

Il y a des gens comme ça qui vous donnent l'impression que leur vie est une évidence heureuse. Comme si pour eux le seul fait de vivre, de respirer, suffisait pour que chaque instant ait un sens. On dirait qu'ils n'ont besoin de rien pour se sentir bien. Comment font-ils ?

La vie n'est faite que pour les gens heureux.

Vous savez, j'ai peur que vous ne m'aimiez pas. Je vis constamment dans la crainte de vous décevoir. Certes, je ne fais rien pour me rendre beau, mais j'ai besoin que vous m'aimiez. Sans doute parce que je n'ai pour moi aucune estime. Alors comme tous ces gens qui ne s'apprécient guère, j'essaie d'aller chercher un peu d'amour pour moi chez les autres. C'est terrible d'oser vous écrire ça. En même temps, mon honnêteté envers vous ne me coûte pas rien, parce que je sais à qui j'ai affaire… Il suffit de vous observer quelques minutes pour comprendre que vous portez vous aussi votre vie comme un fardeau.

Est-ce la raison pour laquelle vous avez commencé cette stupide psychanalyse, il y a deux ans ? – Je suis bien renseigné. – D'ailleurs, pourquoi l'avoir arrêtée au bout d'un mois ? Je serais curieux de le savoir.

Tout de même, il est étonnant de voir un psy à votre âge. Vous auriez mieux fait de vous intéresser à vous plus tôt, cher monsieur. Maintenant il est trop tard, et vous le savez bien. Ce n'est pas sur un divan à soixante ans passés que l'on découvre le bonheur. Comme s'il suffisait de vingt minutes par semaine pour résoudre les problèmes de toute une vie. Quelle foutaise !

Les psys, ça doit être un peu comme avec les filles de joie, ça vous soulage sur le moment, rien de plus. Ces marchands d'espoir, je les ai toujours fuis, parce que je n'ai besoin de personne pour savoir qui je suis. Je sais bien qui je suis. Je vous l'ai déjà écrit d'ailleurs : je suis un homme qui n'a jamais brillé, je suis un homme sans lumière, et j'en crève.

Je n'arrive pas à vous envoyer ces lettres…

La vérité, c'est que j'ai peur. Oui, j'ai peur que vous me trouviez ridicule, peur que vous ne m'aimiez pas, peur de ne plus oser vous écrire si vous me lisez.

Le courage n'a jamais été chez moi un trait de caractère, j'en ai toujours manqué.

Je ne me sens pas très inspiré pour vous écrire, alors je vous laisse.

❧

Je vais vous raconter ce que j'ai trouvé drôle ce matin au réveil. J'ai eu une érection. Il y a longtemps que cela ne m'était plus arrivé. Je sais bien que c'est un sujet intime, mais j'en ai été tellement surpris que je me permets de vous en parler.

On dit que c'est un signe de bonne santé, j'en doute. La mienne est fragile, et je ne fais rien pour la préserver. Je fume, je bois, je ne fais pas de sport, et je mange très mal. Ajoutez à tout cela mon petit moral…

Vous, vous faites attention : vous ne fumez pas, vous achetez des produits frais au marché. Et puis surtout, vous buvez de manière raisonnable, enfin je crois. Tout ça, bien sûr, ne vous rend pas la vie plus belle, mais cela prouve tout de même que vous tenez un peu à vous.

J'aimerais savoir s'il vous arrive de pleurer. Moi, je n'ai pas honte de vous l'écrire : cela m'arrive, surtout le dimanche. Chez moi, c'est un jour particulièrement propice aux angoisses.

Mes dimanches après-midi peuvent être tristes, si tristes, que même un beau soleil ne peut atténuer ma solitude. Et je ne vous parle pas des dimanches pluvieux, des ciels d'hiver sans couleur, ou des couples qui se promènent main dans la main. Est-ce que quelqu'un me tient la main à moi ?

Je n'attends plus personne, et plus personne ne viendra.

Je ne vais plus vous écrire pendant quelque temps. C'est mieux ainsi. Vous prenez trop de place dans ma vie.

Oh ! ne croyez pas que j'ai mieux à faire que de vous écrire. Je n'ai plus que vous… Seulement je commence à me rendre compte que ces lettres n'ont de sens que pour moi, puisque je ne vous les envoie jamais. Tout cela devient ridicule. C'est vrai, après tout, à quoi bon continuer une relation qui n'existe que dans ma tête ?

Si seulement j'avais enfin un peu de courage, les choses pourraient être plus simples. Il me suffirait de vous envoyer ces lettres, ou de vous aborder dans la rue. Combien de fois, en vous épiant, j'ai eu envie de le faire… Jamais je n'ai osé, car vous me faites peur, vous et votre triste figure.

Je mens, ce n'est pas vrai. La vérité, c'est que je suis un lâche. Jusqu'à présent, il n'y a que moi pour le savoir. Alors, allez au diable, vous et votre petite vie minable. Je vous plains.

Adieu.

JE SUIS RESTÉ DOUZE JOURS sans vous écrire. Je ne vous ai pas suivi une seule fois. Ça n'a pas été facile. Mes habitudes ont la vie dure. Pour être franc, vous m'avez beaucoup manqué.

Et puis il s'est passé quelque chose d'important. J'ai besoin que vous le sachiez. J'ai croisé Jeanne hier en fin d'après-midi. Je ne l'avais pas revue depuis notre séparation. Cela m'a fait un coup au cœur de la revoir. Elle avait l'air en forme. Elle portait ce tailleur rayé que j'aime tant. Elle était maquillée et soignée, comme toujours. Je crois que je l'aime encore, surtout quand je me sens mal comme en ce moment.

Heureusement, Jeanne ne m'a pas vu. De toute façon, quand je ne veux pas que l'on me voie, je n'ai aucun effort à faire. Je sais être transparent, même avec les enfants. Pour eux, je suis l'homme invisible. Cela m'arrange bien. Je déteste plus que tout cette politesse que l'on doit à celui qui vous regarde.

Vous ne trouvez pas qu'il est insupportable de croiser des gens que l'on connaît, quand on n'a rien à leur dire ? On a beau faire semblant de ne pas les voir, il est parfois impossible d'échapper aux mots de circonstance, ou aux sourires forcés.

Vous, par exemple, je sais bien qu'il vous est particulièrement pénible de rencontrer Mme Hurtez au coin d'une rue, ou chez le boucher. Comme je vous comprends ; c'était une amie proche de votre épouse. Je suis sûr que cette vieille bique trouve à chaque fois un malin plaisir à vous parler de votre femme, et ce dans le seul but de vous faire souffrir.

La nature humaine est horrible. Croyez-moi, j'en suis le parfait exemple. Je trouve toujours un plaisir sordide à entendre parler d'un drame ou d'une catastrophe. Vous vous souvenez sans doute de cet homme qui en janvier dernier a perdu le contrôle de son véhicule sur une plaque de verglas, pour finir dans le canal de l'Estar ? Lorsque les pompiers ont ressorti la voiture et le corps à deux heures du matin, j'étais aux premières loges. Comme quoi, on peut être attiré par le chant des sirènes sans être marin…

Mourir noyé dans sa voiture en plein hiver, ça doit être terrible. Ce pauvre type a fini sa vie comme ça, tout seul, dans la peur.

Je vous aime bien, vous savez ? Non vous ne le savez pas. Enfin pas encore…

Il doit être trois heures, et je pense à vous.

J'aime la nuit. J'ai l'impression d'y être à ma place. Pendant que les autres dorment, moi je vous écris. En ce moment, il n'y a plus que nous, et l'heure est à la confidence.

J'aime la nuit parce qu'il n'y a pas de bruit, pas de rire, pas de vie ; ça me va bien comme ça. Et puis dans la pénombre, on a le droit de se sentir tous un peu seuls, n'est-ce pas ?

Faites de beaux rêves, mon ami.

Je viens d'apprendre par hasard que vous êtes parti dix jours à Fontainebleau chez un de vos cousins. Et moi qui m'inquiétais de ne plus vous croiser depuis quelques jours…

J'ai eu peur qu'il vous soit arrivé quelque chose. C'est vrai, j'ai eu très peur ! Je vous ai cherché partout. Je suis même passé plusieurs fois sous vos fenêtres sans jamais voir de lumière. Pour tout vous dire, j'ai pensé que vous étiez mort. Je suis rassuré de vous savoir parti en vacances, mais un peu triste de ne pas vous croiser avant lundi.

Vous avez bien de la chance de pouvoir voyager. Moi je ne pars jamais. Ce n'est pas par manque de moyens, mais plutôt par manque d'envie. Et puis je ne connais plus personne, à part ma sœur que je déteste, et qui vit à Paris. De toute façon, ici ou ailleurs, c'est du pareil au même pour quelqu'un comme moi. Alors pourquoi devrais-je voyager ? Je ne voyage même plus dans ma tête.

Je me rends compte que le fait de vous savoir loin de moi ne m'autorise plus à vous écrire, du moins jusqu'à votre retour. En revanche je passerai demain au cimetière, pour déposer un bouquet de gerberas sur sa tombe. Ah, si je n'étais pas là…

Je vous souhaite quand même de bonnes vacances.

P.S. : Je me demande s'il vous arrive d'écrire à votre femme. Avouez que ça ne serait pas plus grotesque que toutes mes lettres qui restent sur mon bureau.

Mon grand voyageur,

Votre vieille carcasse voûtée m'a terriblement manqué. On ne peut pas dire que ce séjour chez votre cousin vous ait transformé. Vous avez mauvaise mine, le visage creusé, et toujours cette même tristesse dans les yeux. Ce n'est pas la peine de partir en vacances quand on ne sait pas voyager.

Je sais que la météo sur Fontainebleau n'a pas été fameuse : grisaille et pluie toute la semaine. Ici, il a fait plutôt beau. C'est bien fait pour vous. Ça vous apprendra à me laisser seul…

Je serais quand même curieux de savoir ce que vous avez fait de vos journées avec votre fichu cousin. Avez-vous passé du bon temps ensemble ? Et puis cette forêt de Fontainebleau, est-elle aussi belle qu'on le prétend, même sous la pluie ?

Je me régale à vous taquiner, mais je suis bien content de vous savoir rentré, près de moi.

Bon retour au pays, camarade.

Comment se porte mon ami aujourd'hui ? Va-t-il acheter ses fleurs préférées pour sa chérie toute mangée par les vers ?

Je sais bien que nous sommes vendredi, mais je tiens à vous dire qu'exceptionnellement, je ne pourrai pas vous accompagner. Depuis ce matin, une vilaine grippe me fait garder la chambre. Trente-neuf de fièvre, cher monsieur. Je me sentais déjà un peu fébrile hier soir au coucher, avec des frissons dans tout le corps. Songez qu'il n'y a plus de place dans ma vie que pour ce genre de frissons…

Rassurez-vous, je me soigne, et je serai sur pied dans moins de trois jours. Je dois vous avouer que ça ne me déplaît pas d'être souffrant, c'est encore un bon prétexte pour ne rien faire de ma vie.

Je me souviens qu'enfant, ma mère prenait toujours bien soin de moi quand j'étais malade. Elle me portait des tisanes et de la bouillie au lit ; elle m'achetait des bandes dessinées ; elle touchait mon front toutes les heures du jour et de la nuit. Ce que ma mère pouvait être tendre et bienveillante avec moi dans ces moments-là. C'étaient des instants si doux et rares qu'il m'est arrivé de m'inventer de la fièvre, pour ne pas aller à l'école, mais surtout pour me faire dorloter par ma mère, sous le regard jaloux de ma sœur.

Les seuls souvenirs heureux de ma vie sont rattachés à mon enfance. J'y repense souvent, quand plus rien ne me fait vivre. Qu'y a-t-il de plus beau que les souvenirs ? Plus le temps passe, et plus on peut les embellir, les déformer à souhait, sans que personne ne s'en rende compte.

Il se trouve qu'avec vous, j'ai besoin d'être sincère, mais je pourrais tout aussi bien vous mentir sur mon passé, comme votre père a dû le faire.

Pardonnez-moi de revenir encore sur ce douloureux sujet, mais j'ai besoin de savoir… Dites-moi, votre mère est-elle vraiment morte d'une septicémie à la fin de la guerre ? J'ai les plus grands doutes… J'ai su qu'elle s'était effondrée en apprenant que c'était bien votre père qui avait dénoncé la famille juive qui se cachait dans un petit appartement au cinquième étage de votre immeuble. On raconte que votre mère ne s'en serait jamais remise. Peut-être est-elle morte de honte.

Pourquoi votre père a-t-il fait cela ? Vous en a-t-il déjà parlé ? Il était négociant en vin, à la tête d'une entreprise plutôt prospère. Il aurait mieux fait de continuer à s'occuper de ses affaires, au lieu de se conduire comme un saligaud.

La famille Silberschmidt a été déportée dans des camps ; la plus petite avait six ans. Jusqu'à son dernier souffle, votre père n'a, paraît-il, jamais regretté d'avoir envoyé à la mort cinq personnes, dont trois enfants. Salaud de Français.

Mon père à moi n'a jamais tué personne, mais il me frappait. Je pense qu'il aimait ça. Le pauvre bougre est mort d'un cancer. À la fin, il devait peser quarante kilos. C'est terrible de voir son père aussi maigre. Sur son lit d'hôpital, il ressemblait à un enfant.

J'avais douze ans quand il s'est éteint. J'ai eu un peu de peine, mais moins que le jour où ma mère est partie, huit ans plus tard. Elle, ce n'est pas le cancer qui l'a rongée ; c'est son cœur qui a lâché tout net, alors qu'elle revenait du marché. La pauvre vieille, je l'aimais bien. Elle n'a pas eu la vie heureuse non plus.

Dans la famille, le malheur, c'est une manie que l'on se refile de génération en génération. Les médecins appellent ça l'hérédité ; moi j'appelle ça de l'habitude.

D'après ce que j'ai pu comprendre, chez vous, il n'y en avait pas un pour rattraper l'autre…

Aujourd'hui, tous les deux, nous apprivoisons le malheur comme d'autres collectionnent les tickets de bus usagés. Ça ne nous coûte pas grand-chose, c'est juste de la routine, estampillée ancêtres.

Vous et moi, nous ne sommes plus que deux petits vieux, fidèles à la pénombre, et nous allons bientôt mourir.

Songez que personne ne se souviendra de nous.

Je viens d'éteindre la télé. Le journal de vingt heures était d'une rare gaîté… Je ne dis pas que je n'y ai pas trouvé mon compte, vous commencez à me connaître. Il serait même indécent de ma part de me plaindre.

Entre les conflits, les génocides et tous ces morts un peu partout dans le monde, je me demande comment font les gens pour y trouver leur peine. Ce n'est pas si simple de pleurer ses frères humains tous les soirs à la même heure devant son petit écran. Il faut savoir faire preuve de beaucoup de compassion. Moi, je n'y arrive pas. D'ailleurs, je ne me souviens pas d'avoir sauté un repas après avoir entendu parler d'une catastrophe ou d'un attentat. Je ne m'encombre pas des problèmes des autres. J'ai assez à faire avec les miens.

L'autre jour, j'ai croisé ma voisine en pleurs dans l'escalier. Elle m'a confié qu'elle venait de regarder un documentaire bouleversant sur le massacre de phoques en Alaska.

Vous voyez, il reste encore des êtres humains sensibles à l'injustice...

Bonne nuit.

P.S. : Je dois vous dire que parfois, j'ai du mal à accepter la franchise avec laquelle je vous écris. Mais je me suis juré de ne jamais rien effacer dans ces lettres.

Lorsqu'on est enfant, on s'amuse à s'amuser de tout.

Je me souviens qu'à l'âge de dix ans, jc passais beaucoup de temps dans ma chambre, surtout le soir après le dîner. Comme nous habitions le cinquième étage d'un immeuble au milieu d'autres immeubles, j'adorais observer de ma fenêtre le mouvement des gens que je connaissais, qui rentraient et sortaient à heure régulière.

Un soir, considérant que j'avais mémorisé suffisamment de détails sur leurs habitudes, il me vint une idée.

Le jeu consistait d'abord à fermer les yeux. Ensuite, rien qu'en écoutant le bruit des pas, des voix ou des moteurs, je devais être capable de deviner, à l'instant même, ce qui se passait dans la rue ou sur le parking. Au début, je me trompais, mais au bout de quelques jours, plus rien ne m'échappait. Je savais identifier la voiture du monsieur aux grosses moustaches quand il rentrait de son travail, la vieille dame à la robe de chambre rouge qui sortait ses poubelles, ou encore l'aîné des Tuilherbes quand il démarrait sa mobylette.

Ce jeu m'amusait beaucoup, à part quand la pluie venait tout gâcher. Pas simplement parce qu'elle avait une incidence sur les allées et venues de chacun, mais aussi parce qu'elle m'empêchait de bien écouter.

Malheureusement, un jour, mes parents ont déménagé pour habiter au rez-de-chaussée d'une petite maison qui ne donnait que sur un terre-plein et sur le silence. Loin des bruits de la ville, le soir dans ma nouvelle chambre, je n'entendais plus rien, à part les incessantes disputes de mes parents qui venaient du salon.

Un matin, alors que je m'ennuyais dans mon lit, je me suis mis à écouter le chant des oiseaux. Très vite, en fermant les yeux, j'ai commencé à essayer de les identifier, un à un, selon la hauteur et la fréquence de chaque sifflement.

Au bout de quelques semaines, de la fenêtre de ma chambre, je passais des heures à leur parler, de tout et de rien, en les appelant par leur prénom.

Vous voyez, quand on est un enfant et qu'on se sent seul, avec un peu d'imagination, tout peut exister.

Je vais vous dire pourquoi je vous raconte cette histoire. C'est parce que cette nuit, je me suis mis à relire toutes les lettres que je vous ai écrites. C'était la première fois ; je n'aurais pas dû. Toute cette noirceur couchée sur ces feuilles… Je me suis fait peur.

Aujourd'hui, j'avais envie de vous écrire autre chose que ma peine, afin que vous sachiez que ma vie a pu être douce et légère, au moins à de rares moments. Et même si c'était il y a bien longtemps, le principal n'est-il pas que je puisse m'en souvenir, afin de vous le faire partager ?

Je dois vous avouer que je suis un peu en colère contre vous. Je voudrais bien savoir quelle mouche vous a piqué. Pourquoi avez-vous accepté de faire du bénévolat pour cette association ? Vous êtes devenu fou ou quoi ? Qu'est-ce qui vous prend de perdre votre temps deux après-midi par semaine à faire de la paperasse pour des handicapés ? Vous feriez mieux de vous occuper de vous. Avant, nous avions nos habitudes, tout était réglé. Maintenant tout est plus compliqué ; et comme vos jours de permanence changent d'une semaine à l'autre, je ne m'y retrouve plus. Sans compter que je ne sais jamais à quelle heure vous sortez, et que j'erre comme un pauvre diable à vous attendre. Vous croyez que je n'ai que ça à faire ? Non, mais pour qui vous prenez-vous ?

Je ne vais pas passer ma vie à vous guetter, sans savoir où nous allons, sans savoir de quoi nos après-midi seront faits. Je veux bien vous suivre, oui, mais pas n'importe comment.

Pour être franc, je vous trouve parfois un peu égoïste, même si je ne montre rien. J'estime que le temps que je prends pour vous écrire et pour vous suivre mérite un minimum de respect de votre part.

Je vous le demande encore : arrêtez ce bénévolat ridicule. Ce n'est pas comme ça que vous vous oublierez !

Ce soir, je suis furieux contre vous ! Et cela n'a strictement rien à voir avec l'alcool. Je sais boire, je n'ai jamais le vin mauvais !

Je vais m'arrêter là. Ça vous apprendra à faire n'importe quoi de votre vie, et par la même occasion, de la mienne.

Nos regards se sont croisés, j'en ai la certitude. Rappelez-vous : vous êtes sorti du bar de la Civette vers dix heures ce matin. Vous avez fait tomber votre journal. En vous relevant, vous avez vu un homme à une dizaine de mètres, de l'autre côté du trottoir. Cet homme, c'était moi.

Ne dites pas non, je suis sûr que vous m'avez regardé. Mon cœur s'est mis à battre très fort. J'étais bouleversé. Je m'en remets à peine. Je n'arrive pas à croire que nous ayons pu échanger un regard, même si cela n'a duré qu'une seconde.

Vous rendez-vous compte que nous avons partagé le même instant de vie ?

Peut-être pourrions-nous nous revoir ? Non, non, oubliez ce que je viens d'écrire. Oublions cette pure folie. Cela n'arrivera plus, je vous le promets. Je serai vigilant.

Si vous saviez comme je regrette ce qui s'est passé.

Je suis un homme qu'on ne regarde pas, même par hasard.

Je vous laisse, je suis trop mal.

Je ne vous ai ni suivi, ni écrit pendant une semaine. J'avais besoin de prendre de la distance. Je parle, bien sûr, de notre rencontre de samedi dernier.

Si un jour vous me lisez, j'ai peur que vous me reconnaissiez. Je sais que c'est ridicule, mais je n'arrive pas à m'ôter ça de la tête. C'est une des raisons pour laquelle vous ne recevrez jamais ces lettres. Je ne prendrai jamais ce risque.

Il est possible que je ne vous écrive plus jamais. Ça vous apprendra de m'avoir regardé.

J'ai écrit une lettre à Jeanne. C'est un peu de votre faute. À force de m'éloigner de vous, je me suis mis à me rapprocher d'elle. Je crois que je l'aime toujours, même si je me demande si ce n'est pas cette chienne de solitude qui me fait penser ça.

J'ai posté la lettre hier. Je vous en ai gardé une copie. Lisez-la, s'il vous plaît.

« Chère Jeanne,
Je t'écris pour que tu saches que j'ai retrouvé une bague à toi par hasard, sous le meuble de la salle de bains. Si tu veux la récupérer, tu n'as qu'à m'appeler, j'ai toujours le même numéro. Si tu préfères, je peux te l'envoyer par la poste.

Je voudrais que tu saches aussi que tu me manques. Oui, tu me manques terriblement, et je n'ai pas peur de te l'écrire.

Je sais bien que je ne t'ai pas souvent rendue heureuse, et que c'est pour cette raison que tu m'as quitté. Mais j'ai beaucoup réfléchi depuis que tu es partie. Aujourd'hui, je me sens prêt à faire des efforts. Je sais maintenant que les choses pourraient être différentes, parce que j'ai changé. Je suis un autre homme. Comment te dire ? Je me sens plus heureux, plus gai, plus disponible.

Peut-être as-tu quelqu'un dans ta vie ? Moi je n'ai personne, parce que je ne t'ai pas oubliée ; c'est un signe, non ?

Surtout, si tu devais revenir, ne le fais pas pour me faire plaisir, fais-le par envie.

Écris-moi pour me dire ce que tu en penses, ou appelle-moi s'il te plaît. Ça vaut le coup d'en parler, non ?

Je t'embrasse
Ton Gilbert. »

Je viens seulement de me rendre compte... Qu'est-ce qui m'a pris de lui envoyer cette lettre ? Cette histoire de bague, c'est grotesque ! Je n'ai rien trouvé ; j'aurais pourtant bien aimé...

Jeanne n'a jamais oublié quoi que ce soit dans mon appartement. La seule chose qu'elle ait oubliée, c'est moi.

Je lui écris aussi que j'ai changé. Ce n'est pas vrai. Elle me connaît, Jeanne, elle sait très bien que je ne peux plus changer, que je serai toujours le même homme fade et transparent. Des hommes comme moi, à partir d'un certain âge, ça ne change plus, c'est même pour cette raison qu'on les quitte.

Mais quelle idée stupide j'ai eu de lui écrire et surtout de poster ce courrier ! Elle va me trouver pathétique, Jeanne.

Je suis un imbécile ! C'est à vous que je devrais envoyer des lettres, pas à elle !

Je ne sais pas quoi faire. Que feriez-vous à ma place ?

P.S. : Je me rends compte à quel point il m'est nécessaire de vous écrire. Vous faites partie de ma vie. Vous êtes l'unique témoin de mes jours sombres.

Il faut que je vous dise. Je reviens de chez Jeanne, parce que je ne voulais pas qu'elle lise cette lettre. Je crois que c'est trop tard.

J'ai fait le pied de grue devant chez elle. Quand le facteur est arrivé, je lui ai dit que Jeanne attendait un courrier important, qu'elle était retenue par une réunion de travail et qu'elle m'avait chargé de le lui apporter à son bureau. J'ai ajouté que dans la précipitation, elle avait oublié de me donner la clé de la boîte aux lettres. Le facteur m'a reconnu. Il m'a dit que Jeanne n'habitait plus ici depuis deux semaines. Je suis resté sans réaction.

– Vous ne le saviez pas ? m'a-t-il dit.

J'ai dit non, avant de lui demander s'il savait où elle avait déménagé. Il m'a répondu qu'il n'avait pas trop le droit de me le dire. Il a marqué un temps, puis il a ajouté, l'air un peu étonné :

– Mme Gretelle aurait quand même pu vous donner sa nouvelle adresse, si c'est si urgent !

Je me suis mis à transpirer. J'étais pris de court, alors j'ai dû dire quelque chose comme :

– Ben oui ! Mais vous savez comment sont les femmes ! Surtout que j'ai autre chose à faire que d'aller chercher son courrier… Bon, eh bien excusez-moi. Au revoir.

Et puis très vite je suis parti.

Pourquoi Jeanne a-t-elle déménagé ? Elle adorait son appartement ; elle y habitait depuis près de vingt ans. Pourquoi est-elle partie vivre ailleurs ? En plus elle n'était qu'à dix minutes à pied de son travail. Je ne comprends pas. Je ne comprends rien, mais je sais ce qu'il me reste à faire…

Je suis fatigué, fatigué de suivre les autres. Est-ce que quelqu'un me suit, moi ? Non. Personne ne me suit parce que personne ne s'intéresse à moi.

Je vais me coucher.

On dit que la nuit porte conseil, j'en doute. Je n'ai pas réussi à fermer l'œil de la nuit. J'ai comme un mauvais pressentiment.

La lettre, je m'en moque, Jeanne peut bien la lire ; mais je veux savoir où elle vit. Je vais la suivre, elle aussi. Je l'attendrai aujourd'hui à dix-sept heures à la sortie de son travail. Je raserai les murs, comme je sais si bien le faire avec vous. Elle m'emmènera jusque devant chez elle. Elle ne me verra pas, vous pouvez me faire confiance.

Je suis un peu anxieux, comme le jour où je vous ai suivi pour la première fois.

Quelle sale journée, hein ? Il n'arrête pas de pleuvoir depuis trois jours, et je sais que vous détestez la pluie.

Bonne journée quand même mon ami, et pensez bien fort à moi tout à l'heure.

Je vous écrirai en fin d'après-midi pour vous raconter.

Je viens de rentrer. Maintenant, je sais. Jeanne vit avec un homme. Je le redoutais, j'en ai maintenant la preuve.

Comme prévu, je l'ai attendue à dix-sept heures. Je me suis caché derrière un abribus. J'ai même pris le soin de porter un nouvel imperméable qu'elle ne connaît pas, afin de ne prendre aucun risque.

Quand Jeanne est sortie, j'ai commencé à la suivre. Elle était avec une collègue, Mireille, une amie qu'elle m'avait présentée, il y a quelques années. Je me suis souvenu d'elle, parce que je l'avais trouvée plutôt jolie.

Au niveau du boulevard Michelet, elles se sont dit au revoir, puis Jeanne s'est dirigée vers la place du Marché. Ensuite, elle a pris la rue des Dentelles, et à ma grande surprise, elle est entrée dans un bar que je ne connais pas, le Celtic.

Je suis resté dehors à l'attendre. Je pensais beaucoup à elle, mais aussi à vous, à cause de cette fichue pluie qui ne voulait toujours pas s'arrêter. Au bout de trois quarts d'heure, j'ai vu sortir Jeanne et un homme qu'elle prenait par le bras.

Ça m'a fait très mal. On a beau imaginer que la femme qui vous a quitté puisse revivre une histoire avec un autre homme, quand on le découvre, c'est autre chose, croyez-moi… J'en ai pleuré.

Je les voyais marcher ensemble, bras dessus, bras dessous, comme deux étudiants amoureux heureux de se retrouver. Quelle douleur pour moi, caché dix mètres derrière, comme un chien. Par moments, je percevais les rires de Jeanne qui me manquent tant, et qui ne sont plus pour moi. Cet homme la rendait heureuse. Que pouvait-il bien lui dire pour la faire rire sous la pluie ?

Je me suis arrêté de marcher, et j'ai fermé les yeux. J'avais envie de m'enfuir pour ne plus les voir tous les deux, mais je ne pouvais pas. Alors j'ai recommencé à les suivre pendant trente interminables minutes, avant de les voir entrer dans un immeuble au numéro quarante-trois de la rue des Cerisiers. Sur la sonnette, il y avait deux noms : Rimenet et Gretelle. Ils vivent ensemble.

Qu'a-t-il de plus que moi, cet homme ? Il me semble plus jeune, mais je ne l'ai pas bien vu.

Je suis rentré chez moi. Il pleuvait encore, et j'ai pleuré encore.

Ce soir, je me déteste, parce que jamais je n'ai entendu Jeanne rire comme ça avec moi.

Ce soir, je vais me faire du mal. Je les imaginerai en train de faire l'amour. Et si ça ne suffit pas, je penserai à

Jeanne en train de se moquer de moi en lui lisant ma lettre. Je ne suis plus à ça près.

Je me hais de souffrir, mais je ne sais faire que ça. Je vous l'ai déjà écrit : pour moi, me faire du mal, c'est de l'habitude.

Mon ami, est-ce que tu sais que je n'ai plus que toi ? Je vais t'envoyer ces lettres pour que tu saches que j'existe.

Mon ami,

Je sais que tu crois en Dieu, je m'en suis rendu compte au cimetière.

Comment fais-tu ? Est-ce que ça vient tout seul ? Est-ce que ça s'apprend ?

S'il te plaît, dans tes prières, demande à ton dieu de s'occuper un peu de moi. En ce moment ce n'est pas facile… Moi, je ne peux pas lui demander, ça ne marchera jamais.

Je ne sais pas qui c'est Dieu, ni où il est. Quand je regarde le ciel, je ne vois rien, je ne m'imagine rien, je ne sens rien ; je ne vois que des nuages.

Si je pouvais le voir, ton dieu, ce serait si simple. Je lui parlerais, je lui demanderais de m'aider, puisqu'il paraît qu'il peut faire des miracles. Je lui dirais :

– S'il vous plaît, allez parler à Jeanne. Essayez de la faire changer d'avis. Dites-lui que je l'aime, mais surtout ne lui dites pas que je suis malheureux, sinon elle ne reviendra jamais.

Chienne de vie ! Comme s'il ne me suffisait pas de vivre sans elle, je dois maintenant partager ma triste existence avec mes regrets. Ils prennent de la place les regrets dans une vie, quand l'autre s'en va.

Avec Jeanne à mes côtés, je n'étais pas plus heureux. Je me sentais juste un peu moins seul dans ma détresse.

À force d'arrondir les angles, elle a dû se lasser de tourner en rond.

J'aurais dû faire des efforts pour la garder. Il est trop tard.

Il va falloir que je m'habitue à l'impossible.

Je te laisse, je ne me sens pas très bien.

P.S. : Finalement, je sais pourquoi tu crois en Dieu : cela te permet d'imaginer que ta femme n'est pas simplement un cadavre qui pourrit sous la terre depuis quatre ans.

Cette nuit, j'ai fait un cauchemar. J'étais avec Jeanne. Nous dînions dans un restaurant que je ne connais pas. En plein milieu du repas, un serveur est arrivé à notre table. Il m'a fixé droit dans les yeux, puis il a regardé Jeanne, et il lui a dit :

– Madame, pouvez-vous m'expliquer ce que vous faites avec un type pareil ?

Jeanne n'a pas semblé surprise. Elle lui a souri, puis lentement, elle a posé son regard sur moi. Elle m'a fixé un long moment sans rien dire, et elle lui a répondu :

– Vous avez raison, je ne m'étais jamais posé la question. Merci infiniment, monsieur.

Ensuite, Jeanne s'est levée. Elle m'a regardé une dernière fois, puis elle a pris son manteau et a quitté le restaurant.

Je n'ai pas compris ce qui se passait. Je suis resté un long moment immobile, hébété, puis je me suis mis à trembler.

Le serveur s'est approché pour me souffler à l'oreille que je n'avais pas le droit de me mettre dans un état pareil pour si peu, surtout avec autant de monde dans la salle. En posant sa main sur mon épaule, il m'a demandé si un petit dessert pouvait me faire plaisir et me consoler.

Il y avait un grand silence dans la salle. Les gens s'étaient arrêté de manger ; ils me regardaient trembler. Quelques personnes ont commencé à rire. Puis toute la salle a suivi, même les enfants.

J'ai fermé les yeux pour ne plus les voir, et j'ai mis mes mains sur mes oreilles pour ne plus les entendre.

Alors que je me levais pour partir, on m'a hué. J'ai réussi à faire quelques pas avant de m'évanouir.

C'est à ce moment-là que je me suis réveillé en poussant un grand cri. Mon cœur battait très fort. J'étais en sueur. J'ai allumé ma lampe de chevet pour boire un peu d'eau. Il m'a fallu de longues minutes pour reprendre mes esprits. J'étais à la fois soulagé et inquiet.

Pourquoi ai-je fait un tel cauchemar ? Je n'avais pas besoin de ça.

NE M'EN VEUX PAS de ne pas t'avoir écrit pendant près d'une semaine, mais je ne pouvais pas.

La vérité, mon ami, c'est que je ne vais pas bien du tout. Depuis que j'ai vu Jeanne rire avec cet homme, depuis que j'ai vu leurs deux noms sur la sonnette, je sais qu'elle ne reviendra jamais. Je n'ai plus le moindre espoir.

Avant, j'avais le bénéfice du doute. Maintenant je sais, parce que j'ai vu.

Je vais me détruire. Je n'ai besoin de personne pour ça. Je sais ce qu'il faut faire ; j'ai appris. Je n'ai même plus besoin de penser à eux pour me faire du mal. Il me suffit de penser à moi, et à ce que je suis. Après, ça vient tout seul. Je connais le chemin de mes affres ; je sais où est le diable dans ma tête.

Ma vie est une chienne impure, une anomalie.

Je vais boire pour essayer de dormir un peu.

Il est trois heures vingt. Je ne dors toujours pas. C'est comme ça depuis une semaine. Moi qui aimais la nuit, maintenant, je la déteste ; son silence m'oppresse. J'ai mal dans ma tête.

Avant, quelques verres de vin suffisaient à m'apaiser un peu, le temps que je m'endorme. Ça ne marche plus. Mes angoisses sont tenaces, et je n'arrive toujours pas à pleurer. Je crois que j'ai besoin d'aide. J'ai peur de moi, peur d'être seul, peur de danser avec le diable, peur de devenir fou.

Je suis fatigué de me plaindre, je suis fatigué d'être fatigué.

À demain peut-être, si je trouve le courage de t'écrire.

Hier vers dix heures, on a frappé à ma porte. Depuis que Jeanne est partie, personne ne frappe plus à ma porte. J'étais dans mon lit. Un court instant, j'ai pensé que c'était elle. Très vite, j'ai enfilé ma robe de chambre, et je suis allé ouvrir.

Ce n'était pas Jeanne. C'était Bernard Minèque, un ancien collègue de travail, que je n'avais pas vu depuis plusieurs années. Il était accompagné d'un jeune enfant.

– Bon anniversaire, vieille branche ! J'espère que je ne te dérange pas.

Voilà ce qu'il m'a dit sur le palier, en me mettant une bouteille de champagne dans les mains.

Je ne savais même pas que c'était mon anniversaire. J'ai fait semblant d'être agréablement surpris et content de le voir. Je ne pouvais mentir. Je leur ai proposé d'entrer.

Très vite, Bernard a commencé à me parler de toutes ces années de travail que nous avons partagées ; je m'en moquais éperdument. Pendant ce temps-là, le petit n'arrêtait pas de gesticuler, de toucher à tout et de pousser des cris sans raison.

Entre deux anecdotes qui ne faisaient rire que lui, Bernard m'a lancé :

– Alors, il n'est pas mignon, mon petit-fils ?

J'ai répondu pour lui faire plaisir qu'il était beau comme son grand-père.

Bernard n'avait pas changé. Il aimait toujours autant parler, surtout de lui.

Non content de m'avoir tout raconté sur sa petite famille, il m'a fallu les voir en photo. De sa belle-fille à sa femme, sans oublier ses enfants et ses petits-enfants, tout y est passé. J'ai même eu droit aux photos de vacances de leur dernier été en Haute-Savoie où ils avaient loué une maison.

Je n'en pouvais plus de sa présence, de sa voix, de ses blagues vulgaires, de l'entendre parler de sa famille, de son bonheur d'être à la retraite, de sa vie associative, de sa maison, de ses placements financiers, et de son petit-fils insupportable. Entre deux verres de son champagne bon marché, je faisais l'effort d'avoir un visage et des sourires de circonstance.

Puis arriva le moment que je redoutais. Bernard m'a dit qu'il ne me trouvait pas très en forme. Je lui ai répondu que j'avais eu quelques problèmes de santé, mais que tout s'arrangeait. Je pensais que c'en était fini de ses questions, mais je me trompais, puisqu'il crut bon d'ajouter :

– Et comment vont les amours ?

J'avais l'impression de subir un interrogatoire.

Comme je n'avais pas envie de parler, et encore moins de ma séparation avec Jeanne – qu'il ne connaissait pas –, j'ai répondu brièvement que tout allait bien, que je vivais une histoire avec une femme depuis sept ans, et que nous étions très heureux ensemble. Je ne suis pas certain qu'il m'ait cru. De toute façon, cet idiot se moquait pas mal de ma vie et de mes amours.

En finissant la bouteille, Bernard m'a répété qu'il ne comprenait toujours pas pourquoi je n'avais jamais voulu avoir d'enfants. Je n'ai rien dit, mais en regardant le môme se rouler par terre, j'ai pensé très fort à la chance que j'avais de ne pas en avoir.

Heureusement, Bernard n'a pas cherché à en savoir plus. Il m'a confié qu'il était attendu dans un restaurant, et qu'il ne pouvait malheureusement pas rester plus longtemps. – Tu imagines ma joie. – Il m'a promis de repasser dès qu'il reviendrait en ville.

– Tu as intérêt, lui ai-je répondu avec le sourire. Je crois que ça lui a fait plaisir.

Bernard m'a laissé son adresse, son téléphone, et une photo de nous deux prise il y a vingt-deux ans. Il a insisté auprès de son petit-fils pour qu'il m'embrasse. Le môme en avait autant envie que moi…

Après avoir refermé la porte derrière eux, je suis allé me recoucher. Pour une fois, dans le silence, je me suis senti bien d'être seul.

Est-ce que tu sais que je ne te suis plus depuis plusieurs jours ? Non, tu ne le sais pas…

Je n'en ai plus la force. En cinq jours, je ne suis sorti qu'une fois de chez moi, pour acheter mon vin, deux ou trois choses à grignoter, et faire le plein de cigarettes.

Je passe le plus clair de mon temps au lit ou devant la télévision, à voir des images que je ne regarde pas, ou à t'écrire, quand j'ai besoin de toi, tellement je me sens seul.

Si tu me voyais… J'ai l'impression que l'on se ressemble de plus en plus, toi et moi…

Je te laisse.

Gilbert.

Salut collègue !

Je suis ivre, bourré comme un coing. Oui, je suis saoul, saoul, saoul comme un con, con, con !

J'ai un peu forcé sur la bouteille. Quelle importance si deux et deux ne font plus quatre ce soir, mais huit ! D'abord, est-ce que ça fait vraiment quatre, deux et deux ? Pourquoi que ça ferait pas trois ou huit ?

Quelle plaisanterie la vie, hein ? Allez, laisse-toi aller, grand ballot ! Fais comme moi, bois pour oublier ta vie de misère.

Fichue planète ! Y a des Jeanne qui s'en vont, y a des femmes qui pourrissent dans les cimetières, et puis y a des vieux cons qui restent tout seuls ! Merde !

J'en ai marre, tu sais… Bien sûr que non que tu le sais pas que j'en ai marre ! J'en ai rien à foutre de pas te les envoyer ces lettres ! Pas de problème… Y a pas de problème parce que de toute façon je suis tout seul tout le temps. C'est vrai ça… Je suis tout seul… C'est pour ça que je t'écris… Qu'est-ce que tu crois, tu crois que je t'écrirais si je me sentais pas si seul ? Tu rêves !

T'es un connard ! Toi et moi on est deux connards et puis c'est tout.

J'ai la tête qui tourne. Je n'arrive pas bien à voir ce que je t'écris, mais on s'en fout. Ce soir, je bois pour oublier que Jeanne m'a oublié. Mais moi je t'oublie pas. Parce que t'es mon pote. T'es mon pote de misère, mon souffre-douleur ! Et ça, ça compte. Faut que j'ouvre la fenêtre, fait trop chaud.

C'est drôle, quand je regarde dehors, y a tout qui déconne. Je vois les lampadaires qui se multiplient. De toute façon, y a tout qui se multiplie dans ma tête de malade !

Dis-moi, tu crois que je suis malade ? Franchement, tu peux dire à ton vieux collègue de galère qu'il est malade ! Si tu le penses, t'as qu'à le dire, enfoiré !

Tu dis rien parce que t'oses pas, hein ? Espèce de lâche ! Toi et ton père, vous n'êtes que des beaux salauds.

Eh ben ces lettres tu les liras jamais ! Jamais, t'entends ? Parce que tout ça, c'est de la faute à la vie ! À LA VIE !

Je vais te dire un truc : ma vie, j'aurais voulu qu'elle soit belle, et c'est pour ça que tout est compliqué. Quand t'attends des trucs beaux qui n'arrivent jamais, quand y a rien qui marche, ça te fait penser au bout d'un moment que c'est de ta faute si y a tout qu'est pourri !

J'en ai marre ! Si tu savais à quel point j'en ai marre !

Pourquoi elle est partie Jeanne ? Qu'est-ce que j'ai fait de mal ? Pourquoi elle m'a quitté pour un autre homme ? Celui-là, moi je dis que c'est pas juste un clown parce qu'il sait la faire rire ! Moi je dis que c'est un beau connard ! Parce que c'est aussi de sa faute, tout ça !

Comment je vais faire pour vivre moi, maintenant ?

Je te laisse. Je crois que je vais vomir…

Je sais que j'ai trop bu hier soir, mais j'en avais besoin. Les mélanges ne m'ont jamais réussi, surtout le porto avec le vin blanc.

Je me souviens vaguement de t'avoir écrit. Vu l'état dans lequel j'étais, je n'ai pas trop envie de me relire…

Je crois que je vais me recoucher. J'ai une de ces migraines, et je n'ai plus d'aspirine.

L'autre soir, il devait être une heure du matin. Je tournais en rond. Je venais de finir la bouteille de ce mauvais vin acide qui me brûle à l'intérieur. Impossible de trouver le sommeil.

J'ai eu envie de sortir pour prendre l'air. Dehors, il faisait très froid. Je me suis arrêté quelques instants sous tes fenêtres éteintes, puis je me suis mis à errer dans les rues de la ville.

Pendant que je marchais, j'ai longuement pensé à toi. Je t'imaginais bien au chaud au fond de ton lit au milieu d'un rêve. Au bout d'un moment, je ne sentais plus le froid.

Je n'ai croisé personne, à part un chien qui traînait par là, et qui s'est mis à me suivre pendant quelques dizaines de mètres, avant de faire demi-tour. Tu vois, il n'y a qu'un chien pour me suivre…

Il était presque deux heures quand j'ai décidé de rentrer chez moi. J'ai voulu prendre le chemin le plus court ; je suis passé par l'avenue de la Paix, puis j'ai pris la rue des Peupliers.

Arrivé devant la station-service, j'ai aperçu sur le parking un distributeur de vidéos. Par curiosité, je me suis arrêté un instant. Il n'y avait pratiquement que des films pornographiques. En regardant les photos, j'ai commencé à me sentir troublé par la nudité de ces femmes jeunes et belles. Je me suis mis à les désirer, les unes après les autres.

Plusieurs fois, j'ai regardé autour de moi, pour être sûr qu'il n'y avait personne. Quand j'entendais une voiture arriver, je me cachais le visage, le temps qu'elle passe, avant de replonger dans les décolletés de ces filles vicieuses qui m'aguichaient sur les photos. Et puis je ne sais pas ce qui m'a pris. J'ai sorti ma carte bleue, et j'ai suivi les instructions. J'ai tapé mon code, et j'ai choisi un film. Je n'ose pas t'écrire le titre... Ensuite, la cassette-vidéo cachée sous mon manteau, je me suis mis à marcher très vite, de plus en plus vite, un peu comme un enfant qui a fait une bêtise, et qui ne veut pas être pris.

J'ai dû mettre moins de vingt minutes pour rentrer chez moi. En refermant la porte, j'étais essoufflé d'avoir monté aussi vite les quatre étages. J'ai fumé une cigarette dans mon canapé, puis j'ai glissé la cassette dans le magnétoscope.

Dès le début du film, cette fille que je n'avais vue qu'en photo s'est mise à se déshabiller lentement devant mes yeux. Elle était seule. Elle m'a montré ses seins qui étaient encore plus beaux que sur la photo, puis son sexe. Ensuite, elle s'est mise à se caresser doucement en gémissant ; impudique femelle.

J'ai baissé le son de la télé, à cause de la musique que je n'aimais pas trop, mais surtout parce que la fille criait de plus en plus fort.

Et puis un homme, sorti de je ne sais où, est arrivé sur son lit. Très vite, ils se sont embrassés, et ils ont commencé à faire l'amour devant moi. Tout ça c'était pour moi, tu comprends ?

Ils s'aimaient devant mes yeux, alors j'ai commencé à m'aimer, moi aussi. C'était la première fois que je faisais ça devant un film. Je te le jure, jamais avant je n'en avais eu l'idée.

Je n'ai été bien qu'un instant. Après, dès que le désir est passé entre ma main, je me suis senti très seul. J'ai éteint la télé, et je suis allé me coucher.

En pensant à Jeanne, dans mon lit, j'ai pleuré comme un enfant.

Mon ami, je voudrais que tu saches que pour moi, rien n'est facile.

Ça ne va pas bien fort, tu sais ?

Je crois que je suis malade, pas seulement dans ma tête, mais aussi dans mon corps. J'ai des vertiges et une douleur persistante à l'estomac qui me met sur le flanc.

Je ne t'en ai encore jamais parlé pour ne pas t'inquiéter, mais j'ai très mal depuis quelque temps. Je n'ai déjà pas beaucoup d'appétit, et quand je mange un peu, je ne digère plus rien.

Il faudrait que je consulte. J'ai dû perdre au moins cinq kilos.

Le matin, devant la glace de ma salle de bains, quand je me regarde me regarder, je me fais peur. Mon visage est de plus en plus émacié. Mes yeux n'ont plus d'âme. C'est sans doute parce que c'est moi qu'ils observent.

Ces cernes, cette blancheur, ces rides; j'ai beau me raser, me peigner le peu de cheveux qu'il me reste, je n'arrive plus à voir en moi autre chose qu'une décrépitude annoncée.

Et puis ces mains qui tremblent, surtout le matin, ça ne peut pas être seulement lié à mon âge. Il faut que je sois franc, c'est aussi à cause de l'alcool. Je devrais moins boire.

Je ne sais pas où je vais, mon ami. J'ai l'impression que tout m'échappe, que je ne contrôle plus rien. J'ai peur.

Ce n'est pas parce que je ne t'écris plus depuis plusieurs jours que je ne pense pas à toi. Simplement, j'essaie un peu de te préserver. J'ai tellement peur que tu te lasses, toi aussi. Je me rends bien compte que je n'arrête pas de me plaindre, mais je ne sais pas faire autrement.

Pardonne-moi.

J'ai plutôt une bonne nouvelle.

Il y a trois jours, je suis allé voir le médecin. J'avais trop mal au ventre. Il m'a dit que c'était surtout dans ma tête que ça n'allait pas. Il a dû le voir dans mes yeux.

Il m'a prescrit des tranquillisants et des somnifères pour que je puisse enfin dormir. Au moment où je t'écris, je me sens presque bien. J'aurais dû prendre ces pilules bien plus tôt. Maintenant, je dors comme un bébé, et je n'ai plus mal au ventre. À heure régulière, j'avale des comprimés pour calmer ma tête.

Je te laisse, je vais me reposer.

Aujourd'hui, en début d'après-midi, je t'ai suivi. Il y avait longtemps que je ne t'avais pas vu. Ça m'a fait plaisir. Tu m'avais manqué.

Je vois que tu gardes tes vieilles habitudes… J'étais sûr que tu irais la voir, parce qu'on est vendredi. Le même chemin, le même kiosque, les mêmes fleurs. Les mêmes mots aussi ? Je me suis toujours demandé ce que tu pouvais bien lui raconter.

Quand tu as quitté le cimetière, je t'ai accompagné encore quelques minutes, puis je suis rentré chez moi. Je ne me sentais pas bien. J'ai avalé trois cachets, et c'est passé.

Ces tranquillisants sont devenus mes anges gardiens. Je ne veux plus et je ne peux plus m'en passer. C'est un peu comme avec toi.

Grâce à eux, je n'ai plus mal comme avant. Quand je les prends, mes angoisses disparaissent, mon esprit devient doux, tolérant et calme. Peu importe si je dois cette quiétude à la chimie ; je m'en moque éperdument.

Au tout début, je suivais les recommandations de mon médecin. Je prenais un demi-cachet le matin, et un demi avant le repas du soir. Maintenant, j'en suis à trois ou quatre par jour. C'est peut-être trop, je ne sais pas. Toujours est-il que je passe beaucoup de temps chez différents médecins, qui me prescrivent ce qu'il faut pour ne jamais manquer.

Cela m'est arrivé une fois, c'était terrible. J'aurais pu crier tellement ma tête réclamait. J'étais en manque, en manque de ne pouvoir m'oublier. Ça a duré toute une nuit, une nuit interminable durant laquelle je suis resté prostré sur mon canapé, les mains sur ma tête, comme pour me protéger de ces diables qui revenaient danser.

Depuis, j'ai décidé de ne plus jamais les laisser entrer. J'ai ce qu'il faut sur moi. Mes pilules montent la garde. Personne ne me les enlèvera.

Oh mon ami, vois comme la vie peut être plus douce, si on a ce qu'il faut.

Bonjour mon cher ami,

Si tu savais comme je me sens bien. Je suis heureux et ça me fait tout drôle. Je serai plus heureux encore quand j'aurai parlé à Jeanne. Je me suis décidé ; je veux la voir. J'ai des choses à lui dire. Je sais qu'elle m'écoutera. Tout est encore possible entre nous. Je le sens. Je trouverai les mots pour qu'elle revienne, pour qu'elle m'aime à nouveau.

J'ai l'impression d'avoir enfin un peu de courage. Avec toi c'est pareil : ces lettres que je t'écris depuis des semaines et que je garde pour moi, tu vas les lire bientôt, parce que je n'ai plus peur de te les envoyer.

Mon ami, dans très peu de temps je n'aurai plus besoin de t'écrire, de me cacher, de me plaindre. Bientôt, nous irons boire notre café ensemble au bar de la Civette. Nous marcherons côte à côte comme deux frères. Peut-être m'emmèneras-tu à Fontainebleau, chez ton cousin ? Même si je n'aime pas voyager, je pense que ça me ferait plaisir de le rencontrer.

Bientôt, nous aurons mille choses à nous dire, mille choses à partager. Nous aurons à nouveau la vie devant nous.

Je t'aime comme j'aime Jeanne. Aujourd'hui, il ne me reste plus qu'à vous le dire enfin.

Bien à toi mon ami.

Hier soir vers vingt-deux heures, pour la quatrième fois en cinq jours, je suis retourné au distributeur d'amour.

J'ai pris mon temps pour choisir la fille avec qui j'allais passer une partie de la nuit. De retour à la maison, nous avons fait l'amour ensemble, et nous avons joui au même moment. Cette fois je n'ai pas pleuré. C'était tellement beau que je crois que j'ai bu encore plus que les autres soirs. À un moment, je me suis demandé si je buvais encore pour boire, ou simplement pour faire passer les cachets.

Mince, mon stylo est en train de rendre l'âme. C'est dommage, j'aimais bien t'écrire avec.

Cette nuit dans mon lit, j'ai ressenti l'ivresse heureuse. J'avais envie d'embrasser la terre entière. J'avais beaucoup bu. Le somnifère a fait le reste.

J'ai décidé d'attendre encore un peu pour parler à Jeanne. Dans dix jours, c'est son anniversaire. Je vais lui faire une surprise, pour ses quarante-sept ans. J'ai déjà acheté son cadeau, enfin notre cadeau, puisqu'il s'agit d'un séjour à Rome de cinq jours cet été.

Gilbert.

P.S. : Je viens de me rendre compte que mes lettres sont plus courtes ces derniers temps. C'est sans doute parce que j'ai un peu moins besoin de toi. J'espère que tu ne m'en tiendras pas rigueur.

Pardonne-moi.

Ce matin, j'ai écrit un court poème pour Jeanne et pour toi. Sois indulgent, mon ami. J'espère juste qu'il te fera plaisir.

Mon amour, mon ami

Vers le crépuscule heureux
Attendez-moi j'arrive
Enfin les ciels nuageux
S'éloignent de ma rive
Bientôt nous revivrons ensemble
La délicieuse frivolité
De nos parfums d'enfance
À jamais retrouvés.

Quand Jeanne l'aura lu, j'épinglerai ce poème sur le mur de notre chambre en face de notre lit pour tu sois toujours avec nous.

Plus que huit jours, huit petits jours… Ce n'est pas grand-chose, huit jours dans une vie. Pourtant, tu ne peux t'imaginer à quel point le temps me semble long.

Je t'embrasse.

Je t'ai suivi ce matin. Tu vois, je ne t'oublie pas.

Qui est cet homme avec qui tu as longuement discuté en sortant de la boulangerie ? Visiblement, vous aviez l'air de bien vous connaître. Surtout, ne crois pas que je sois jaloux. Après tout, tu as le droit d'avoir d'autres amis que moi.

Je t'ai laissé au coin de la rue de la Victoire, car j'avais des choses à faire, ou plutôt des choses à rendre… Je parle du film d'hier soir avec la fille rousse.

Ces petits plaisirs commencent à me coûter cher, même si la pension de ma retraite me permet encore de me faire ce genre de cadeaux. Heureusement, de manière générale, je ne suis pas très dépensier. Le loyer de mon deux-pièces est raisonnable et je ne m'achète jamais rien d'inutile.

En fait, ce qui me coûte le plus cher, c'est mon vin, et mes cigarettes : je fume beaucoup, je bois beaucoup. Heureusement que mes médicaments me sont remboursés.

Sur les boîtes, je me demande bien pourquoi il est toujours précisé qu'il ne faut pas dépasser la dose prescrite. C'est un peu ridicule. C'est comme l'alcool qu'il faut soi-disant consommer avec modération. Les gens qui boivent comme moi se moquent bien de la modération ; c'est justement pour ça qu'ils boivent.

En revanche, je n'arrive pas à comprendre ces jeunes qui touchent à la drogue. Enfin, chacun fait ce qu'il peut avec la vie.

Je me sens de mieux en mieux. Plus rien ne me fait mal. J'ai du coton dans la tête.

J'ai décidé d'attendre Jeanne à la sortie de son travail. J'aurai ses fleurs préférées dans les mains, des tulipes. Je mettrai mon costume gris en flanelle ; je me sens beau dedans. Et puis c'est Jeanne qui me l'avait offert pour Noël.

À l'époque, je détestais faire les magasins avec elle. Jeanne était capable de passer une heure dans une boutique pour choisir une robe. Je me souviens que cela me rendait fou d'attendre. Je crois qu'aujourd'hui, cela me ferait plutôt plaisir.

Je me sens prêt à faire des efforts. Je suis prêt à tout pour qu'elle revienne. Je veux la surprendre et être enfin brillant. Je veux que nous vivions ensemble dans un appartement où elle se sentira bien. Il y aura des plantes partout. Jeanne adore les plantes.

Lorsque nous serons installés, nous t'inviterons à déjeuner le dimanche à la maison. Tu ne peux t'imaginer comme il me tarde de te faire partager tout ça. Je te demande encore quelques jours de patience.

❧

Hier soir, sur les coups de neuf heures, j'ai eu un léger malaise. Je te rassure, ça n'a pas duré longtemps, mais suffisamment pour avoir peur.

Je ne sais pas exactement ce qui s'est passé. J'ai commencé par avoir des sueurs froides, puis les battements de mon cœur se sont accélérés brutalement. J'étais dans la cuisine quand c'est arrivé. J'ai réussi à me traîner jusqu'à mon lit pour m'allonger, et j'ai attendu que ça passe. Heureusement, au bout de vingt minutes, je me sentais mieux.

Je crois que le fait de mélanger l'alcool avec les tranquillisants n'est peut-être pas étranger à ce malaise. Je bois beaucoup et je prends de plus en plus de cachets. J'ai remarqué que si je n'augmentais pas les doses régulièrement, l'effet de bien-être ne durait pas aussi longtemps qu'avant.

Il est dix heures du matin, et j'en ai déjà avalé deux entiers. À la fin de la journée, j'en serai à sept ou huit.

Avant que je ne prenne mon somnifère pour dormir, je pense que j'aurai vidé la plaquette entière. Douze comprimés, c'est sans doute beaucoup. Il faudrait que j'en prenne moins. C'est difficile pour moi ; et puis le bonheur a un prix.

Je ne m'imagine pas une seule seconde pouvoir m'arrêter. C'est non seulement impossible, mais je crois que ce serait dangereux pour ma santé mentale. Et comme je n'ai aucune envie de redevenir malheureux… Je ne veux plus souffrir, plus jamais.

Je pense que je vais aller faire un tour du côté de chez « ces dames », si tu vois ce que je veux dire… Je dois t'avouer qu'en journée, avec tout ce monde, je fais très vite pour choisir.

Je vais passer devant la Civette pour voir si par hasard tu ne serais pas en train d'y lire ton journal.

Peut-être à tout de suite.

Je ne t'ai pas vu. Ajoute à cela un film décevant. La fille ne me plaisait pas ; ses seins tombaient, et elle avait de la cellulite. En fait, elle était beaucoup moins désirable que sur la photo. Mais ce qui m'a le plus énervé, c'est que j'avais le sentiment qu'elle simulait devant la caméra. Une fille ne peut pas crier comme ça de plaisir, simplement parce qu'un homme lui caresse l'épaule, enfin je crois. Je n'ai même pas eu envie d'elle et de moi. Ça lui apprendra à se moquer du monde.

De toute façon, j'ai décidé de ne plus aller à ce distributeur. Dans quelques jours, je n'aurai plus besoin de ces femelles dans mon téléviseur ; je n'aurai même plus besoin de m'aimer seul.

❧

Je viens d'acheter la plus grande enveloppe que j'ai pu trouver. Je vais y glisser toutes tes lettres. Je la posterai bientôt. Tu vas me lire, mon ami.

Tu vas sans doute souffrir pour moi, comme j'ai pu souffrir pour toi ; mais aujourd'hui quelle importance ? Le principal n'est-il pas ce qu'il y a devant nous ?

Il nous reste de beaux moments à vivre. Nous ne sommes pas encore morts ; nous ne sommes même plus vieux.

J'entrevois la lumière qui m'a toujours manqué.

❧

J'ai écouté la météo. Demain, ils annoncent une journée ensoleillée. C'est une bonne nouvelle.

Je t'écris de mon lit où je passe des heures à dormir, pour tuer le temps.

Tout à l'heure, j'ai encore eu un léger malaise. Je suis sûr que quand je vivrai avec elle, je boirai moins. Jeanne n'a jamais aimé me voir boire, et comme je n'ai plus envie de la décevoir…

Pour mes anges gardiens, ce sera plus difficile.

Mon ami, je me sens à nouveau glisser dans un délicieux sommeil que je ne vais pas laisser passer. Pense bien fort à moi demain vers dix-sept heures.

Il est seize heures vingt. Je m'apprête à partir.

J'ai besoin de t'écrire ces quelques mots pour me sentir fort.

À tout à l'heure.

Ton ami, Gilbert.

II

PENDANT QUE JE PEUX ENCORE T'ÉCRIRE, il faut que tu saches. Je veux que tu sois le premier à le savoir.

Jeanne est allongée sur mon canapé chez moi. Elle ne dit rien, elle ne bouge plus. Elle est morte. Je l'ai tuée. Oui, je l'ai étranglée avec mes mains. Je n'ai pas pu faire autrement, crois-moi. J'ai serré son cou très fort, jusqu'à ce que ses yeux se ferment. Tout s'est passé très vite, si vite.

Je ne me rends pas vraiment compte de ce qui est arrivé, même si je sens que c'est grave.

Je veux que ce soit toi mon ami, l'unique témoin de mon crime d'amour.

Je l'ai attendue comme prévu à la sortie de son travail à dix-sept heures. Elle était seule. Je l'ai abordée dans la rue avec les fleurs et je lui ai juste dit :

– Bonjour Jeanne. Bon anniversaire!

J'ai tout de suite compris qu'elle n'était pas heureuse

de me voir. Elle ne m'a pas dit merci. Elle n'a même pas pris les fleurs. Elle m'a demandé ce que je faisais là, puis elle a accéléré le pas.

Jeanne était si froide avec moi que je n'ai pas osé lui dire tous ces mots que j'avais préparés pour elle. Pendant que je la suivais, je lui ai demandé si elle avait reçu ma lettre. Jeanne m'a répondu qu'elle l'avait lue, mais qu'il était trop tard, qu'elle n'avait plus rien à me dire, et que notre histoire était définitivement terminée. Elle a ajouté qu'elle ne m'aimait plus, qu'elle avait quelqu'un dans sa vie, et qu'elle vivait avec cette personne. Je ne lui ai pas dit que je savais.

Sans qu'elle le voie, j'ai avalé trois cachets avec ma salive, d'un coup, tellement ses mots me faisaient mal.

Elle s'est arrêtée de marcher et, avec un regard noir, elle m'a lancé :

– Tu vas me suivre encore longtemps comme ça? Laisse-moi tranquille, s'il te plaît!

Quand je lui ai dit que je la trouvais dure avec moi, elle a crié :

– Maintenant tu t'en vas! Je veux que tu me fiches la paix, Gilbert, tu as compris?

J'ai eu beau lui répondre que j'avais changé, qu'elle ne se rendait pas compte à quel point j'étais différent, que l'on pouvait être encore heureux ensemble, Jeanne ne m'écoutait plus. Elle marchait de plus en plus vite, et je me suis mis à parler de plus en plus fort. Je l'ai suppliée :

– Jeanne, je t'en prie! Je pense à toi tout le temps. Je sais ce qu'il faut faire maintenant pour que l'on soit bien tous les deux. J'ai réfléchi à tout. Fais-moi confiance, Jeanne, je t'en prie. Laisse-moi une chance, une dernière chance. Tu ne le regretteras pas, mon amour. On va tout recommencer à zéro. On va vivre ensemble. Je ne crierai plus comme avant, je te le jure. Je prendrai soin de toi et de ton fils. Jeanne, tu m'entends? Jeanne, j'ai plus de soixante ans! Je suis seul, tu comprends? Je suis tout seul tout le temps! Je n'ai que toi!

Brutalement, elle s'est arrêtée, et m'a répondu sèchement :

– Gilbert, écoute-moi bien, parce que je ne me répéterai pas. Je ne reviendrai plus, plus jamais, tu m'entends? Je suis amoureuse d'un homme. Je vis avec lui parce qu'il me rend heureuse. Suis-je assez claire?

J'ai commencé à me sentir mal. Mes jambes ne me portaient plus. Tout s'est mis à tourner autour de moi. Je crois que j'ai eu juste le temps de lui dire encore que je l'aimais. Après je ne me souviens plus.

Quand je me suis réveillé, j'étais chez moi, allongé sur mon lit. J'ai entendu la voix de Jeanne dans la pièce à côté; elle était au téléphone. Je n'arrivais pas à percevoir ce qu'elle disait. Je me suis levé. J'avais du mal à tenir sur mes jambes. Quand je suis arrivé dans le salon, Jeanne m'a vu et elle a raccroché. Elle m'a demandé calmement :

– Ça va mieux ?

J'ai répondu que je me sentais très faible. C'était vrai, même si j'ai surtout dit ça pour ne pas qu'elle s'en aille.

Je lui ai demandé ce qui s'était passé. Jeanne m'a expliqué que je m'étais évanoui dans la rue, que quelqu'un l'avait aidée à me transporter en voiture jusqu'à chez moi. Elle a ajouté qu'un médecin était passé pour m'ausculter. Je ne me souvenais de rien.

Jeanne m'a demandé ce que je fabriquais avec ces comprimés dans tout l'appartement. Je n'ai pas répondu.

Pendant qu'elle débarrassait les bouteilles de vin vides, elle m'a dit que le médecin avait laissé une ordonnance, qu'il repasserait en début de soirée, qu'il avait trouvé mon pouls très bas, que mon cœur était fatigué. Et puis elle m'a encore demandé ce que faisaient toutes ces bouteilles et ces cachets partout.

Pendant qu'elle me parlait, je me suis aperçu qu'elle se trouvait debout près du petit bureau, là où je t'écris, là où il y a toutes tes lettres. J'ai pensé qu'elle les avait peut-être lues pendant que je dormais.

Jeanne a encore insisté, alors j'ai répondu que si je prenais tous ces médicaments, c'était pour elle, pour que l'on soit heureux ensemble. Je crois qu'elle n'a pas bien compris, car elle s'est mise à rire :

– Pour moi ? Pour moi ? Tu es en train de me dire que tu avales toutes ces saloperies pour moi ? Non mais je rêve !

Puis elle s'est assise sur le canapé en se tenant la tête. Alors j'ai commencé à lui expliquer que ces cachets étaient les anges gardiens de notre amour, et que grâce à eux plus rien ne serait comme avant. Je l'ai suppliée :

– Fais-moi confiance Jeanne. Avec ces pilules, je ne suis plus le même homme !

Plus je parlais, plus elle riait. Un court instant, j'ai pensé que moi aussi, je la faisais rire. Mais j'ai vite compris que ce n'était pas le même rire que dans la rue avec l'autre homme.

Très vite, ça m'est devenu insupportable. Je lui ai demandé plusieurs fois de ne plus rire comme ça. Plus je lui parlais, plus elle riait. J'ai senti de la colère monter en moi. En m'approchant du canapé, j'ai crié :

– Ce n'est pas drôle, Jeanne ! Je fais tout ça pour toi, pour aller mieux. Ne ris pas comme ça ! Je t'aime Jeanne ! Arrête de rire comme ça ! Ne te moque pas ! Arrête Jeanne ! Arrête !

Elle ne s'est pas arrêtée. Alors, je me suis couché sur elle, et j'ai commencé à serrer son cou de toutes mes forces. Et là, elle n'a plus ri, Jeanne. Il y avait de la peur dans son regard. Ses yeux me suppliaient d'arrêter, mais je ne pouvais pas. J'ai serré, serré, serré. Plus je l'étranglais, plus elle s'étouffait, et moins elle essayait de se débattre. Crois-moi, je n'avais pas de plaisir à lui faire mal. Simplement il n'y avait plus que ça à faire à ce moment-là.

Elle est morte comme ça, Jeanne, entre mes mains. À la fin, son visage était tout bleu.

Je reviens.

Je viens de lui fermer les yeux. J'ai caressé son front. Elle a l'air bien. Dans cette pièce, il y a mon amour qui se repose. Si tu savais comme elle est belle. Et puis tout est si calme à présent.

Je n'ai pas peur. De quoi aurais-je peur ? Bien sûr elle est morte, mais c'est parce que je l'ai voulu. Et puis si Jeanne était encore en vie, elle ne serait pas là, avec moi.

Un jour, je me souviens de t'avoir écrit que je préférerais la savoir morte plutôt qu'heureuse avec un autre que moi, tu te rappelles ? Eh bien voilà, c'est fait. En plus, elle n'a pas l'air malheureuse, Jeanne ; elle dort.

Je crois que je vais faire pareil. Je vais me coucher sur le tapis près d'elle, dans le beau silence de notre amour.

Tout se passera bien. Il faut que j'en profite avant que l'on ne vienne nous chercher.

Je veux dormir comme elle dort. J'ai mes anges gardiens pour la rejoindre. Je n'ai pas peur. Je me laisserai glisser sous leurs ailes.

Toi qui crois en Dieu, prie pour moi mon ami.
Et puis surtout, ne sois pas triste. Tout va bien.
Je t'aime et je t'aimerai toujours.
Je t'embrasse.
Gilbert.

III

Mon ami,

Je t'écris d'un lit d'hôpital où l'on me soigne, soi-disant… Je leur souhaite bien du courage.

Il paraît que je suis resté dans le coma pendant onze jours. À part avoir étranglé Jeanne, je ne me souviens de rien.

Je suis seul dans ma chambre. Dans le couloir, j'entends des types discuter derrière ma porte. Je ne sais pas trop ce qu'ils font là.

Ici, on me fait prendre d'autres pilules. Je ne sais pas ce que c'est, mais ça ne me fait plus le même effet qu'avant. Je me sens moins bien. Je leur ai dit, mais ils s'en moquent, alors je les avale pour ne pas faire d'histoires.

J'ai l'impression qu'on ne m'aime pas beaucoup ici.

Un avocat est venu me voir plusieurs fois ces derniers jours. Il me dit régulièrement que je vais être jugé pour ce que j'ai fait, et que je risque plusieurs années de prison. Il me parle aussi de ces circonstances atténuantes qui pourraient me servir au moment du procès. Il veut m'aider et me demande d'être coopérant. Qu'est-ce que j'en ai à faire ? On n'avait qu'à m'aider avant.

Avant-hier, alors qu'il insistait pour savoir ce qui s'était passé avant ce qu'il appelle « les faits », j'ai insisté pour qu'il me rapporte toutes tes lettres qui sont restées chez moi tout ce temps. Je lui ai même promis qu'il saurait tout quand il me les ramènerait. Il a dû me croire, puisqu'il vient de me les apporter ce matin. J'ai menti, il ne saura rien.

J'avais tellement besoin de t'avoir avec moi pour pouvoir t'écrire à nouveau. Maintenant je me sens mieux.

Cela me fait penser qu'ils ont sans doute lu les lettres. Rassure-toi, je n'ai jamais écrit ton nom nulle part. Ils ne savent même pas qui tu es, ni où tu habites. Et puis toi tu n'as rien à te reprocher ; tu n'as rien fait de mal.

Tu sais ici, depuis que je suis sorti de ce coma il y a quatre jours, on me pose beaucoup de questions. Que me veulent-ils ? Je ne dis pas qu'ils sont désagréables avec moi, mais ils me fatiguent très vite. Et puis, dès qu'ils me parlent de Jeanne, cela me fait souffrir.

Quand je pense que nous pourrions être encore heureux ensemble en ce moment, si ça avait marché…

J'ai appris qu'ils l'avaient enterrée dans le grand cimetière de la ville, là où repose ta femme. Si tu pouvais mettre des fleurs de temps en temps sur sa tombe à elle aussi, ça me ferait plaisir. Si tu as envie de lui dire quelques mots, fais-le, mais ne lui parle pas de moi s'il te plaît, je crois que c'est mieux.

Je te laisse mon ami, je suis exténué.

Hier, on m'a fait passer des examens. Il paraît que j'ai un grave problème au cœur. Comme si je ne le savais pas.

Moi ça fait des années que j'ai du mal à vivre avec ce cœur. Il m'a même fait souffrir toute ma vie, à moins que ça ne soit l'inverse.

On me parle d'une intervention chirurgicale, bientôt, quand j'aurai repris un peu de force. Je n'en sais pas plus.

L'avocat pense me rassurer en m'expliquant que vu mon état de santé, on ne pourra sans doute pas me transférer dans une maison d'arrêt avant plusieurs semaines et que…

Je te laisse, je les entends dans le couloir. On m'apporte à manger. Je n'aime pas t'écrire quand ils sont là. La nourriture ici est infecte. Je m'en moque, je n'ai jamais faim.

Mon cher ami,

Je t'écris aujourd'hui une dernière fois avant de t'envoyer toutes mes lettres.

Cette fois, je suis sérieux. Maintenant, ce n'est plus simplement une affaire de courage, mais d'urgence. À cause de mon mal, je sais que je peux partir à tout moment. Cela m'est bien égal de mourir, mais je veux que tu saches que j'existe. Longtemps j'ai eu peur que tu me lises. Aujourd'hui, ça me paraît normal.

Pour éviter de me faire souffrir, je ne me relirai pas. Tant pis pour les fautes d'orthographe.

Je voulais te dire aussi : Gilbert Pastois, ce n'est peut-être pas très beau comme nom, mais c'est vraiment le mien.

Il va te falloir un certain courage pour me lire : je ne parle pas simplement de ma détresse, mais aussi de la tienne. Dans ces lettres, il y a toute ma vie, et un peu de la tienne; prends-en soin. Sache que je n'ai jamais été aussi sincère qu'avec toi.

Nous n'avons pas été gâtés par l'existence, hein? Dis-toi pour te consoler que toi au moins, tu n'as tué personne. Ce n'est pas comme moi ou ton père. Tu aurais dû le tuer. Ce n'est finalement pas si difficile de tuer. Même si c'est plus compliqué après.

Pour les lettres, mon avocat m'a promis de te les poster. Il m'a juré de ne jamais leur donner ton adresse. Je n'ai pas d'autre choix que de lui faire confiance. Sois sans inquiétude, il ne nous trahira pas, parce que je sens qu'il m'aime bien. Et puis pour lui, je suis une bonne affaire…

J'attends ta réponse avec impatience.

Gilbert.

P.S. : C'est l'adresse où je suis à l'hôpital :

Gilbert Pastois.
Chambre 117. Service de médecine cardiologique.
Centre hospitalier de Beauvais.
60021 Beauvais.

Mon ami,

Je n'ai toujours pas reçu la moindre réponse de ta part.

Mon avocat m'a juré encore ce matin qu'il avait bien posté la grande enveloppe. Je le crois. Cela fait quatorze jours. Pourquoi ne me réponds-tu pas ?

En admettant que la poste fonctionne mal, tu as dû recevoir toutes mes lettres il y a au moins une semaine. Tu as donc eu le temps de les lire, même plusieurs fois. Alors pourquoi ce silence ?

Je n'en peux plus d'attendre un courrier de ta part. Cela m'est insupportable ! Bon sang, tu sais pourtant ce que ça veut dire, attendre, toi qui n'as fait que ça toute ta vie !

Je ne suis pas très en forme en ce moment. Ma santé ne s'arrange pas, et pour tout te dire, je suis assez déprimé.

Ce n'est déjà pas drôle de vivre, mais ici c'est pire qu'ailleurs. Je n'arrive pas à m'habituer aux odeurs de l'hôpital, et je supporte mal tous ces traitements qui me mettent sur le flanc.

Je vais confier cette lettre à mon avocat. Il te l'enverra. Je n'ai confiance en personne ici.

J'attends de tes nouvelles avec impatience. Mon ami, ne me déçois pas. Écris-moi, je t'en prie…

P.S. : Je te redonne l'adresse, au cas où tu l'aurais égarée.

Gilbert Pastois.
Chambre 117. Service de médecine cardiologique.
Centre hospitalier de Beauvais.
60021 Beauvais.

Tu ne peux pas imaginer ma déception. L'infirmière vient de m'apporter une lettre. C'est ma sœur. Je n'ai même pas envie d'ouvrir l'enveloppe.

Je la connais assez pour savoir que si elle m'écrit, ce n'est pas pour me parler de la pluie ou du beau temps, mais bien de ce que j'ai fait à Jeanne. Qu'elle aille au diable, elle et sa lettre !

Ma sœur et moi, nous nous sommes toujours détestés.

Quand nous étions enfants, à la maison, Chantal prenait toujours un malin plaisir à me traiter de sale petit morveux. Ma mère ne disait rien, moi non plus d'ailleurs. Sous prétexte qu'elle avait quatre ans de plus que moi, elle se croyait tout permis.

Un été, je devais avoir treize ou quatorze ans, je me souviens de l'avoir giflée; je ne sais plus exactement pour quelle raison, mais ça m'avait fait plaisir. Depuis ce jour, on ne s'est pratiquement plus parlé tous les deux. Ça fait vingt ans que je ne l'ai pas vue. La dernière fois, c'était à l'enterrement d'un cousin mort dans un accident de voiture.

Il y a huit ans, j'ai appris par hasard qu'elle était divorcée. C'est comme ça que j'ai su qu'elle avait été mariée, et qu'elle avait un fils. Il paraît qu'entre-temps, elle aurait épousé un militaire à la retraite. Je lui souhaite bien du courage à cet homme.

J'attends toujours ta lettre. Je t'en conjure, réponds-moi.

Gilbert.

Toujours pas la moindre réponse de ta part. Aurais-tu peur de m'écrire?

Je veux que tu saches que j'ai encore eu un malaise hier en fin d'après-midi, et que je vais être opéré dans quatre jours. On va me faire un triple pontage coronarien. Je ne sais pas trop ce que c'est. Ce que je sais, c'est qu'ils me donnent encore d'autres cachets que je supporte mal, et que ça a peut-être un rapport avec l'intervention.

Si tu savais à quel point je me moque de cette opération ! Il n'y a qu'une seule chose qui pourrait me faire plaisir, ce serait de recevoir une lettre de toi.

Écris-moi vite, je t'en prie !

Gilbert.

À midi, il y avait de la bûche pour le dessert ; je n'y ai pas touché, mais c'est comme ça que j'ai appris que c'était Noël.

J'ai toujours détesté cette fête, même enfant. Je me souviens qu'un soir, peu de temps avant Noël, nous étions à table avec mes parents. Comme je refusais de manger ce qu'il y avait dans mon assiette, ma mère m'a expliqué que le père Noël ne descendait dans les cheminées que pour offrir des cadeaux aux enfants qui avaient été sages. Je lui ai répondu que je m'en moquais, parce que de toute façon nous n'avions pas de cheminée. Mon père s'est mis à rire en regardant ma mère, avant d'ajouter que le père Noël pouvait tout aussi bien entrer par la porte ou par les fenêtres.

Moi, ça ne m'a pas fait rire. L'idée que ce bonhomme puisse entrer la nuit chez nous, sans prévenir, et que personne ne le voie ou ne l'entende, ça m'a fait peur.

Â l'âge de six ans, j'ai été soulagé d'apprendre de la bouche de mon grand cousin qu'il n'existait pas.

Tu vois, pour moi, croire au père Noël, ça a été un peu comme avec Dieu, ça n'a pas marché longtemps.

Joyeux Noël quand même, mon ami.

Mais qu'est-ce que tu fabriques ? Je t'ai pourtant dit qu'ils allaient m'opérer. Tu pourrais prendre de mes nouvelles.

J'ai passé des mois à t'écrire et à te suivre, des mois à ne penser qu'à toi et à Jeanne. Aujourd'hui, elle n'est plus là et tu le sais bien. Tu es un ingrat.

Et si l'opération se passait mal, tu y as songé ? Je ne veux pas partir comme ça, sans savoir que tu m'aimes un peu. J'ai besoin de savoir que je n'ai pas fait tout ça pour rien.

Je t'ai écrit toutes ces lettres avec mon cœur. Personne ne t'écrira jamais comme je l'ai fait.

Je sais bien que tu dois penser que je n'ai pas toujours été tendre avec nous. Mais mon ami, c'est la vie qui n'a pas été tendre avec nous, ce n'est pas moi…

Je t'en supplie : réponds-moi. Même si c'est pour me dire que tu ne m'aimes pas. Je préférerais encore ça à ce silence que je ne comprends pas.

Gilbert.

ON ME DIT QUE L'OPÉRATION s'est plutôt bien passée. Je n'en suis pas si sûr… Je suis à bout de force.

Je t'écris ces quelques lignes de mon lit avant qu'ils ne me remettent ce masque à oxygène qui m'oppresse.

S'il n'y avait pas ces infirmières et ces médecins qui entrent et qui sortent de ma chambre sans prévenir, je dormirais tout le temps.

Il y a toujours ces deux types dans le couloir devant ma porte. Je sais maintenant qu'ils montent la garde. Je crois qu'ils ont peur que je me sauve…

Je suis exténué. Je te laisse.

Écris-moi s'il te plaît, cela me ferait du bien de te lire.

Gilbert.

Alors que je commençais à reprendre un peu de force, je viens d'apprendre qu'on allait à nouveau m'opérer.

Le chirurgien m'a parlé d'une histoire de valve en métal qu'ils allaient me mettre pour que mon cœur fonctionne mieux. C'est vrai qu'il ne va pas bien fort celui-là. Je n'arrête pas de faire des malaises à n'importe quelle heure du jour ou de la nuit. Ils m'ont branché un appareil qui permet de savoir quand mon cœur va mal. Quand il s'emballe, j'ai de plus en plus de difficultés à respirer, et je me sens partir. Au début, c'était terrible à vivre, mais je m'y suis habitué. Ce qui me gêne le plus, c'est de me réveiller avec ce fichu masque sur le visage que je ne supporte pas.

Dans le service, il y a une infirmière qui est toujours gentille avec moi — ce n'est pas le cas de tout le monde ici. Elle fait ma toilette, elle m'aide pour mes besoins, elle me fait manger quand je suis trop fatigué pour tenir une fourchette. Je lui inspire peut-être de la pitié, je ne sais pas.

C'est elle qui va poster les nouvelles lettres que je t'écris, car mon avocat n'est pas venu me voir depuis l'opération.

Je n'ose plus te demander de me répondre ; je n'en ai plus la force.

Parfois, je me dis que j'aurais dû écrire un roman, le roman de ma vie que j'ai ratée de bout en bout. En couchant sur des pages tout ce qu'il ne faut pas faire et que j'ai fait, j'aurais peut-être laissé une toute petite trace de mon passage sur terre, aussi insignifiant qu'il puisse être…

Il est trop tard, et c'est sans doute une bonne chose. De toute façon, à part toi à qui je peux tout écrire, cela n'aurait intéressé personne.

Ce roman, je l'aurais appelé *L'Homme sans lumière*. J'aurais raconté l'histoire d'un petit homme qui a toujours eu peur, qui n'a jamais su briller. Oui, cet homme qui toute sa vie a cherché une étoile sans jamais la trouver, et a fini par se noyer dans un océan de pénombre au milieu des tempêtes, c'est moi.

J'aurais aussi parlé de Jeanne et de mes diables serrant son cou. Il paraît que les gens aiment les crimes passionnels et les assassins. Ils en auraient eu pour leur argent.

Dans ce livre, j'aurais écrit un chapitre entier sur tout ce qui me fait horreur, et pas simplement chez moi. Dans ce domaine, je ne suis plus tout seul. Crois-moi, la liste est longue.

Je pense à chaque tricheur que j'ai pu croiser tout au long de ma vie, et pas simplement devant ma glace. Tous ces bien propres sur eux, ces soi-disant exemples, qui sous couvert d'une bénédiction divine s'octroient le droit de se croire meilleurs que les autres.

J'aurais craché sur ce monde qui, sans masque, est aussi laid que moi.

Sur ces pages, j'aurais vomi sur la vilenie humaine, sur les fausses compassions, sur les vrais salauds, sur ces hommes-cravates boursouflés de gras, de conventions et de certitudes.

Oui, j'aurais vomi sur ces gens qui se disent généreux, sur ces princes du paraître, sur ceux qui se couchent tous les soirs en tremblant sous des draps en soie maculés de la peur de tout perdre.

Dans mon livre, j'aurais écrit tout ce que les gens n'aiment pas lire et qui les fait pâlir.

J'aurais décrit cette société compatissante au malheur, surtout lorsqu'il est loin.

J'aurais parlé de ce joli monde où dans les cocktails mondains, des hommes d'affaires à l'haleine douteuse séduisent des femmes insignifiantes et belles, pendant qu'ailleurs on meurt encore de faim.

J'aurais craché sur ces manipulateurs d'âmes aux ongles noirs, sur ces hommes de Dieu qui nous font croire qu'il faut croire.

Je n'aurais épargné personne. J'aurais craché et vomi sur tout, sur eux, et sur moi.

Je n'écrirai jamais ce roman, il est trop tard. Toute ma vie, il a toujours été trop tard.

Ce soir, j'ai de la fièvre dans le corps, et de la haine au fond du cœur.

Mon ami,

Je t'écris avec le peu de forces qu'il me reste.

Ils ont décidé de repousser l'intervention. Il paraît que je ne suis pas en état d'être opéré. L'infirmière me l'a dit tout à l'heure. C'est plutôt une bonne nouvelle.

L'avocat est passé me dire bonjour. Il n'est pas resté longtemps. Il a dû voir que j'étais mal en point. Quand je lui ai encore demandé s'il avait bien posté tes lettres, il m'a juste répondu qu'il fallait que je me repose. Je ne fais que ça, me reposer.

Hier, un médecin s'est préoccupé de mes escarres. Il m'a demandé si je souffrais. Je lui ai répondu que j'avais surtout mal à la fatigue.

Je crois que j'ai encore maigri. Je le sens quand je me touche.

De mon lit, je ne vois qu'un petit bout de ciel, et des oiseaux qui passent parfois devant ma fenêtre. L'autre jour, il y en a un qui s'est posé sur le rebord. Je crois qu'il m'a regardé et ça m'a fait plaisir.

On ne laisse jamais le moindre médicament près de mon lit. Ils ont dû recevoir des ordres. Ils ne sont pas fous. Des fois qu'il me viendrait encore l'envie de m'envoler…

Parfois, je crains de t'inspirer de la pitié. Heureusement, ce sentiment ne dure jamais, parce que je me dis que si tu avais de la pitié pour moi, tu m'écrirais ou tu viendrais me voir.

En vérité, le pire de tout serait que tu sois indifférent à mes lettres.

Je ne peux croire que tu sois indifférent à mes lettres. Je t'en prie, fais-moi comprendre que tu existes avant qu'il ne soit trop tard.

Gilbert.

Cette nuit, j'ai rêvé que je fumais. Je donnerais n'importe quoi pour que l'on me ramène des cigarettes, même si je n'ai plus grand-chose à donner…

L'avocat m'a dit que vu mon état, ce serait de la pure folie de fumer. C'est seulement maintenant qu'il se rend compte que je suis fou ? Pourtant, ça devrait l'arranger au procès, si on me déclare comme tel.

Pour ne pas lui faire de peine, je ne lui ai pas dit, mais il n'y aura pas de procès. Pour une fois qu'on aurait pu s'intéresser à moi…

Mon ami, je ne dis pas ça pour que tu m'écrives ou que tu viennes me voir à tout prix, mais sache que je vais mourir. C'est une question de jours. Je le sens dans mon corps. Et puis à part toi, plus rien ne me retient, pas même la vie.

Je n'ai pas d'enfant, pas de famille. Juste une sœur qui me déteste et que je déteste.

La femme que j'aime, je l'ai étranglée.

J'en ai assez. Mon cœur aussi en a assez. Je le comprends, le pauvre, à force de battre depuis toutes ces années pour ne ressentir rien d'autre que ma souffrance.

Je te l'ai déjà écrit : la vie n'est faite que pour les gens heureux, pas pour des hommes comme nous.

J'ai passé plus de cinquante années à me plaindre, je vais m'arrêter là.

Je t'embrasse,

Gilbert.

IV

Mon cher ami,

Ce n'est plus moi qui t'écris. Je n'ai même plus la force de tenir un stylo. Je dicte à l'infirmière ce que j'ai à te dire, et elle écrit pour moi. Vois comme je suis en forme. D'ailleurs, on ne me parle plus de cette opération.

Je crois que j'ai encore maigri. Il faut dire que je ne mange plus rien.

Un aumônier de l'hôpital est passé ce matin. Quand un curé prend la peine de se déplacer pour vous voir dans votre lit, ce n'est jamais bon signe…

Cet imbécile voulait me parler de Dieu. J'aurais dû te l'envoyer. Quand je lui ai dit que je ne croyais pas en son dieu, j'ai vu dans ses yeux qu'il était déçu. Si tu savais comme il a insisté lui aussi pour que je lui parle de Jeanne. Pour qu'il ne soit pas venu pour rien, je lui ai dit que je regrettais de l'avoir tuée. Ce n'est pas faux, c'est même affreusement vrai, mais ça ne regarde personne à part toi et moi.

Au bout d'un moment, j'ai fait semblant de m'endormir pour qu'il s'en aille.

– Merci mademoiselle. On va s'arrêter là. Je crois que je vais m'assoupir. Soyez gentille de laisser la feuille et le stylo sur la petite table près du lit.

– Reposez-vous bien.

– Merci.

C'est la nuit. C'est tout ce que je sais. Je viens de me réveiller.

Si tu as du mal à me lire, c'est parce que cela m'épuise d'écrire. Mais j'ai tant de choses à te dire encore.

Cette nuit, je sais que je suis fou, parce qu'il faut être fou pour faire ce que j'ai fait. Jeanne est morte pour rien. Elle est morte parce que je suis un monstre.

Je sais maintenant que tu ne répondras jamais à mes lettres. Je comprends. Je ne t'en veux plus.

J'espère que tu es un peu heureux sans moi. Je te le souhaite, parce que tant qu'à faire, je préfère encore ça.

Je vais essayer de dormir pour cacher un peu ma honte.

Je t'aime.

Je me sens légèrement mieux, mais pas suffisamment pour pouvoir t'écrire seul.

Il y a une question que j'ai envie de te poser depuis longtemps. Ta femme, à quoi ressemblait-elle ? Est-ce qu'elle était jolie ?

Tu sais, je n'ai jamais su ce que c'était que d'avoir une belle fille dans mon lit. Si ma mémoire ne me fait pas défaut, je n'ai dû connaître que six ou sept femmes durant toute ma vie d'homme. Je sais que c'est peu, comparé au tableau de chasse de certains, mais quand on a un visage ingrat comme le mien, quand on ne sait pas quoi dire aux filles, c'est difficile.

Si j'ai toujours été timide, c'est par peur de les décevoir. Je me rappelle qu'au lycée, pendant que mes camarades se battaient pour conquérir les plus belles, je m'arrangeais toujours pour me rapprocher des filles les plus insignifiantes. Celles-là au moins, personne ne venait me les prendre.

Je me souviens de l'une d'entre elles. Elle était aussi complexée que moi. À cause de notre timidité, nous n'arrivions pas à aligner trois mots sans bafouiller. On passait notre temps à ne rien se dire. Elle me plaisait, parce qu'elle restait avec moi.

Je n'ai retenu ni son visage, ni son prénom. Si ça se trouve, elle est grand-mère aujourd'hui, ou peut-être morte. Je ne le lui souhaite pas.

Je n'ai perdu ma virginité qu'à l'âge de vingt-deux ans. Il paraît que c'est tard pour un homme. C'était avec une femme mariée. Elle devait avoir près de trente-cinq ans. Elle était assez enrobée et…

– Excusez-moi, mademoiselle, mais je vous vois rougir. Si ça vous gêne d'écrire, je peux comprendre… On peut s'arrêter là si vous voulez. Je continuerai seul quand j'aurai repris un peu de force.

– Non non monsieur, ça va. Continuez, ça ne me gêne pas, je vous assure. Continuez…

– Vous êtes sûre ?

– Oui oui, je suis sûre.

– Comme vous vous voudrez. Alors reprenons s'il vous plaît…

– Oui… Je vous écoute.

Elle était… Elle était grosse et elle portait un parfum assez fort. On a fait ça chez elle, en plein après-midi. Je n'en garde pas un souvenir précis. Je me rappelle juste que tout est allé très vite.

Avec Jeanne, ça a été différent. Nous nous sommes rencontrés au bal de la police du 14 Juillet. Elle venait de divorcer, et elle n'allait pas très bien. D'habitude, je ne sais jamais trop quoi dire quand je rencontre une femme, mais ce soir-là, je me suis surpris à être drôle. Tu vois, je l'ai quand même fait rire au début, Jeanne... Nous avons fait l'amour le soir même. Je crois qu'elle en avait besoin pour oublier sa vie. Ça s'est très bien passé. Avec Jeanne, au lit, c'était toujours bien. Par la suite nous nous sommes revus, et on est restés ensemble, comme ça, sans en parler.

Les quelques autres femmes que j'ai pu connaître avant Jeanne ne présentent aucun intérêt. Elles étaient comme moi, assez quelconques.

Je me sens très fatigué tout à coup.

Je te laisse.

– Merci mademoiselle.

– Je vous en prie. Si vous avez besoin de quoi que ce soit, vous sonnez, d'accord ?

– D'accord.

❧

– Bonne année !

– Oh, merci mademoiselle. Bonne année à vous aussi. On s'embrasse ?

– Allez, on s'embrasse.

– Vous savez, ça me fait tout bizarre de savoir que c'est sûrement la dernière…

– La dernière quoi ?

– Année…

– Vous alors… Vous avez bien dormi ?

– Oui, merci. Je me souviens même d'avoir fait un rêve.

– Ah, et quel rêve ?

– Eh bien, je crois que j'ai rêvé que j'étais heureux.

– Ah. Et vous faisiez quoi dans ce rêve pour être heureux ?

– J'aimais…

– Vous aimiez ? Et qu'est-ce que vous aimiez ?

– Le monde entier, les autres. Vous savez, je n'ai jamais vraiment aimé les autres dans ma vie. D'ailleurs, je n'ai jamais vraiment aimé la vie non plus. Elle me l'a bien rendu…

– Arrêtez de dire des bêtises, vous voulez bien ? Moi je suis sûre que vous êtes un grand sensible, et que vous avez aimé. Ça se voit dans vos yeux. Allez, avalez vos cachets, s'il vous plaît.

– Non, vous vous trompez, mademoiselle. Je n'ai jamais aimé…

– Je ne vous crois pas…

– Vous ne me croyez pas ? Vous avez tort. Quel âge avez-vous, mademoiselle ?

– Vingt-quatre ans, pourquoi ?

– Pour rien… Pour savoir. Je vous imaginais plus jeune. Vous savez, j'ai eu vingt-quatre ans, moi aussi. Ça passe vite

une vie quand on commence à se souvenir. Pour ce qui est de la vivre, c'est autre chose...

– Que voulez-vous dire ?

– Rien mademoiselle... Je ne veux rien dire. Dites-moi, est-ce que vous avez un amoureux ?

– C'est très indiscret ce que vous me demandez là.

– Sans doute... Mais si vous saviez à quel point j'ai pu être discret toute ma vie. Et puis je vais bientôt mourir. Votre secret, je ne le garderai pas bien longtemps sur terre, croyez-moi...

– Allez, avalez vos cachets, s'il vous plaît. Je n'aime pas quand vous parlez comme ça...

– Mais j'ai toujours parlé comme ça, mademoiselle, et c'est sans doute pour cette raison que je suis resté seul la plus grande partie de ma vie. Allez, soyez gentille, dites-moi, est-ce que vous avez un amoureux ?

– Non.

– Non à quoi ? À la réponse ou à la question ?

– Non, je n'ai pas d'amoureux.

– Ah ! C'est surprenant. En général, les filles de votre âge ont un amoureux.

– Eh bien pas moi. Allez, faites-moi plaisir, vous voulez bien avaler vos cachets, s'il vous plaît ?

– Et vous aimeriez en avoir un ?

– Avalez vos cachets, s'il vous plaît...

– Et si j'avale vos fichus cachets, vous me le direz ?

– Non je ne vous le dirai pas. Ça ne vous regarde pas. C'est privé, ces choses-là.

– Et c'est sans doute parce que c'est privé que vous ne m'avez jamais demandé pourquoi j'ai tué la femme que j'aimais ?

– Absolument, c'est votre histoire, pas la mienne. Je n'ai pas à savoir.

– Et vous aimeriez le savoir ?

– Non, je vous l'ai déjà dit, ça ne me regarde pas. Je suis là pour m'occuper de vous, pour vous soigner, pas pour m'intéresser à votre passé.

– Et ça ne vous gêne pas de soigner un homme qui a tué par amour ?

– Ne continuez pas, s'il vous plaît…

– D'accord. Mais encore une dernière question, et je vous promets que je vous laisse tranquille.

– Je vous écoute…

– Vous avez déjà souffert par amour ?

– À votre avis ?

– Je n'ai pas d'avis…

– Oui, j'ai déjà souffert par amour. Ça vous va comme réponse ?

– Moi aussi mademoiselle. Et je crois que c'est pour cette raison que j'ai tué Jeanne. Je ne voulais plus souffrir.

– Et vous ne souffrez plus ?

– Si…

– Mais alors pourquoi l'avez-vous… Non, rien… Excusez-moi…

– Pourquoi je l'ai tuée ? Parce que je n'étais plus moi-même, vous comprenez ?

– Oui, je comprends…

– Non, vous ne comprenez pas… Je…

– Mais vous pleurez ? Qu'est-ce qui vous fait pleurer ? Vous voyez bien qu'il ne faut pas parler de ça…

– Non… Non, ce n'est pas que pour ça… Je ne pleure pas seulement parce que j'ai tué Jeanne… Je pleure aussi parce que je me rends compte que toute ma vie, j'ai eu peur. Je pleure parce que je vais partir sans jamais avoir aimé la vie, et ce que j'en ai fait. Vous savez, mademoiselle, ces larmes qui coulent sur mes joues, d'habitude ça n'arrive jamais ; c'est juste parce qu'il y a une petite fuite dans ma tête ; ce ne sont que quelques gouttes. Je vous demande pardon. Vous voyez, c'est déjà fini.

– Mais vous n'avez pas à vous excuser. C'est bien de pleurer parfois. Et puis les larmes, ça fait sortir la peine de notre cœur.

– Oui, et c'est sans doute pour ça que mon cœur est usé. Je n'ai pas dû pleurer assez dans ma vie. Pourtant, ce n'est pas la peine qui m'a manqué…

– Oui, je comprends… Je suis vraiment désolée, mais d'autres malades m'attendent. Je dois vous laisser. Vous ne m'en voulez pas ?

– Mais non, mademoiselle, de quoi pourrais-je vous en vouloir ? Je comprends. Si vous saviez comme j'ai été heureux que l'on puisse se parler un peu.

– Oui, moi aussi. Allez, reposez-vous bien. À plus tard.

– À plus tard mademoiselle.

Mon ami,

J'ai envie de t'écrire, mais je n'en ai plus la force, alors j'ai sonné. L'infirmière est avec moi en ce moment. Elle est si dévouée. Si elle n'était pas là, je…

– Pourquoi vous arrêtez-vous d'écrire, mademoiselle ? Je vous en prie, notez ça aussi s'il vous plaît. Il est important que mon ami sache à quel point vous êtes attentionnée.

– Ce n'est peut-être pas indispensable…

– Si, si ! Je vous en prie…

– Comme vous voudrez… Dites, monsieur, est-ce qu'à mon tour je peux vous poser une question un peu indiscrète ?

– Mais bien sûr, allez-y.

– Votre ami, pourquoi ne vient-il jamais vous voir ?

– C'est… C'est parce qu'il n'arrive plus à se déplacer. Vous savez, lui aussi est très souffrant. Mais lui, ce sont ses jambes qui ne le portent plus.

– Ah, je comprends. Est-ce que vous voulez que l'on continue ?

– Oui oui, continuons, s'il vous plaît.

– Vous êtes sûr que vous ne préférez pas que je vous laisse vous reposer ? Vous avez l'air exténué. Je peux repasser plus tard, si vous voulez ?

– Non non, mademoiselle, pas plus tard, maintenant ; plus tard, on ne sait jamais ce qui peut arriver…

– Ne dites pas des choses pareilles.

– Vous ne voyez pas que je vous taquine ? Nous savons bien tous les deux que je vais faire un beau centenaire… Dites-moi, est-ce que j'ai encore maigri ? Vous ne répondez pas… Alors reprenons, si vous le voulez bien.

– Oui monsieur, je vous écoute.

– Euh… On en était où déjà ?

– Vous disiez, « Si elle n'était pas là, je… »

– Ah oui…

… Si elle n'était pas là, je ne pourrais plus t'écrire ; je suis trop faible.

Ce matin, j'ai parlé de toi à un médecin. Il m'a demandé si j'étais sûr de te connaître. Tu te rends compte ? Je suis peut-être mourant, mais pas au point de ne pas reconnaître mes amis.

Je lui ai dit que tu étais comme un frère. Pour une fois, j'ai dit la vérité.

La nuit dernière, je sais que j'ai rêvé de Jeanne, de toi, et aussi de ma mère. Je ne me souviens plus très bien, mais je crois que nous étions tous les quatre devant une église en train de discuter. Ce que les rêves peuvent être étranges parfois ; ça doit être la fièvre. Je ne me souviens pas d'y avoir vu ta femme, dans mon rêve ; c'est normal, je ne l'ai pas connue, ta femme.

– Mademoiselle, vous avez raison, je suis trop fatigué pour continuer.

– Bien sûr, je comprends. Je vous laisse. Reposez-vous bien. Je passerai vous voir plus tard.

– Merci. Dites, vous voulez bien rester avec moi encore quelques instants, le temps que je m'endorme ? S'il vous plaît…

– Si vous voulez.

–Vous savez mademoiselle, je me demande si la vie ne devient pas plus simple, si on accepte justement de ne plus rien en attendre.

– Vous feriez mieux d'essayer de dormir.

– Au bout du compte, la mort est bien faite. Elle qui m'a tant effrayé toute ma vie, je commence à lui trouver un sens. Quand je me réveille chaque matin avec ce corps malade, avec ce cœur usé qui ne sait plus comment battre, croyez-moi, le temps n'est plus aux souvenirs, ni aux regrets.

– Que voulez-vous dire ?

– Je veux dire que ma vie, c'est d'être là avec vous, maintenant.

– C'est gentil ce que vous me dites là.

– Je ne vous dis pas ça pour être gentil, mademoiselle. Je ne suis pas quelqu'un de gentil… Si je vous dis ça, c'est parce que je le pense. Croyez-moi, la vie ne devrait être qu'instant, rien d'autre.

– Vous avez sans doute raison.

– Excusez-moi, mais puis-je vous demander une dernière faveur ? Après, c'est promis, je ne vous embêterai plus.

– Je vous écoute.

– Ajoutez juste « Je t'aime, mon ami » au bas de la lettre.

– D'accord… Voilà, c'est fait.

– Merci. Dites, vous écrirez encore pour moi demain ?

– Oui, bien sûr.

– Alors tout va bien.

Mon ami,

Aujourd'hui, nous sommes vendredi, je crois.

Est-ce que tu as pensé aux fleurs ? Je suis bête, bien sûr que tu y as pensé…

Quel temps fait-il dehors ? Est-ce qu'il fait beau ? Est-ce qu'il pleut ? Je ne sais plus. S'il pleut, n'oublie pas de prendre un parapluie et couvre-toi bien.

Comment va Jeanne ? Tu me diras…

J'ai envie de voir la mer et ces oiseaux que j'aime tant. Je t'aime aussi d'ailleurs. J'ai envie de te voir… J'ai envie de dormir… Je me sens si fatigué…

Dis-moi, est-ce qu'il t'arrive encore de renverser ton café, au bar de la Civette ?

Je me souviens de ce premier jour où…

Cher monsieur,

Je suis l'infirmière. Avant de vous envoyer la dernière lettre de votre ami, je me permets de vous écrire ces quelques mots en bas de page. J'espère que vous ne m'en voudrez pas.

J'étais à ses côtés, quand son cœur s'est arrêté. Quand je lui ai fermé les yeux, un doux soleil est entré dans la chambre. Son visage était beau dans la lumière. Il avait l'air reposé, enfin.

Voilà, j'ai pensé que peut-être, dans ces moments difficiles, vous seriez heureux de le savoir.

Je vous adresse mes sincères condoléances.

Cordialement,

Fabienne Soupi.

ÉPILOGUE

GILBERT PASTOIS EST DÉCÉDÉ le quatre janvier mille neuf cent quatre-vingt-douze. Il avait soixante-quatre ans. Il n'a laissé aucun testament.

À la demande de sa sœur, il fut inhumé trois jours plus tard dans le petit cimetière de Salency, près de Beauvais, là où reposent ses parents.

À l'enterrement étaient présents le curé de la paroisse, sa sœur Chantal, accompagnée de son fils et de son mari, maître Jarovilas, son avocat, Fabienne Soupi, l'infirmière, et trois habitants du village où il avait grandi.

Dix mois plus tard, le jour de la Toussaint, sa sœur vint se recueillir sur la tombe de ses parents et sur celle de son frère. Elle fut surprise de voir cette dernière couverte de fleurs. Se renseignant auprès du gardien, elle apprit que depuis des mois, tous les jeudis matins vers onze heures, un homme venait fleurir la tombe de son frère d'un bouquet de gerberas.

Déjà parus
aux Éditions Héloïse d'Ormesson

Isabelle Alonso, L'Exil est mon pays
Roman

Federico Andahazi, La Cité des hérétiques
Roman *traduit de l'espagnol (Argentine) par Isabelle Taudière*

Richard Andrieux, José
Roman

Émilie Aubry & Muriel Pleynet, Pas de deux à l'Élysée
Document

Benazir Bhutto, Fille de l'Orient
Autobiographie *traduite de l'anglais par Simone Lamblin et Isabelle Taudière*

Tiery Bourquin, Le Frère préféré
Roman

Augusten Burroughs, Pensée magique
Roman *traduit de l'anglais (États-Unis) par Philippe Rouard*

Anne Calife, Fleur de peau
Roman

Giulia Carcasi, Je suis en bois
Roman *traduit de l'italien par Marianne Véron*

Matthew Carr, La Mécanique infernale
Essai *traduit de l'anglais par Agnès Michaux*

Jean-Marie Catonné, Double Je
Roman

Bernard Chenez, Le Resquilleur du Louvre
Roman

Viviane Chocas, Bazar magyar
Roman

Raymond Clarinard, Tu sais ce qu'elle te dit, la Marine française ?
Roman

Julien Cohen-Solal, Protégeons nos enfants
Essai

Stéfan Coïc, Contravention
Roman

Collectif Clara, Pour Clara Prix 2007
Nouvelles

Collectif Clara, Pour Clara Prix 2008
Nouvelles

Luke Davies, Candy
Roman *traduit de l'anglais (Australie) par Mona de Pracontal*

Abha Dawesar, Babyji
Roman *traduit de l'anglais (Inde) par Isabelle Reinharez*

Abha Dawesar, Dernier été à Paris
Roman *traduit de l'anglais (Inde) par Laurence Videloup*

Lizzie Doron, Pourquoi n'es-tu pas venue avant la guerre ?
Roman *traduit de l'hébreu par Esther Ifrah*

Ceridwen Dovey, Les Liens du sang
Roman *traduit de l'anglais (Afrique du Sud) par Jean Guiloineau*

Dominique Dyens, Éloge de la cellulite et autres disgrâces
Nouvelles

Lucía Etxebarria, Aime-moi, por favor !
Nouvelles *traduites de l'espagnol par Anne Proenza et Nicolas Véron*

Lucía Etxebarria, Cosmofobia
Roman *traduit de l'espagnol par Maïder Lafourcade et Nicolas Véron*

Lucía Etxebarria, Je ne souffrirai plus par amour
Roman *traduit de l'espagnol par Maïder Lafourcade*

Lucía Etxebarria, Un miracle en équilibre
Roman *traduit de l'espagnol par Nicolas Véron*

Patrick Fioramonti, Le Vin corse
Beau livre

Tim Flannery, Les Faiseurs de pluie
Essai *traduit de l'anglais (Australie) par Raymond Clarinard*

Lionel Froissart, Les boxeurs finissent mal... en général
Roman

Anna Funder, Stasiland
Roman *traduit de l'anglais (Australie) par Mireille Vignol*

Éric Genetet, Le Fiancé de la lune
Roman

Joey Goebel, Torturez l'artiste !
Roman *traduit de l'anglais (États-Unis) par Claro*

Laurence Granet, Charlotte et la Pourriture noble
Roman

Jules Grasset, Minuit à Saint-Germain
Roman

Arnon Grunberg, Le Messie juif
Roman *traduit du néerlandais par Olivier Van Wersch-Cot*

Jean-Pierre Grivois, Moi, JSB
Biographie

Didier Jacob, La Guerre littéraire
Chroniques

Travis Holland, Loubianka
Roman *traduit de l'anglais (États-Unis) par Philippe Giraudon*

Arthur Japin, Un charmant défaut
Roman *traduit du néerlandais par Isabelle Rosselin*

Clea Koff, La Mémoire des os

Document *traduit de l'anglais par Delphine Chevalier, Raymond Clarinard et Isabelle Taudière*

Philippe Langenieux-Villard, Le Livreur

Roman

Thierry Laurent, Mordre

Roman

J.M. Ledgard, Girafe

Roman *traduit de l'anglais par Erika Abrams*

Catherine Locandro, Les Anges déçus

Roman

Peter Longerich, « Nous ne savions pas »

Essai *traduit de l'allemand par Raymond Clarinard*

Wangari Maathai, Celle qui plante les arbres

Autobiographie *traduite de l'anglais (Kenya) par Isabelle taudière*

Yves di Manno, Discipline

Récit

Héléna Marienské, Le Degré suprême de la tendresse
Roman en pastiches

Vonne van der Meer, La Maison dans les dunes
Roman *traduit du néerlandais par Daniel Cunin*

Vonne van der Meer, Le Bateau du soir
Roman *traduit du néerlandais par Daniel Cunin*

Jack Michonik, La Descendance
Roman *traduit de l'espagnol (Colombie) par Isabelle Taudière*

Jean d'Ormesson, Odeur du temps
Chroniques

Ian Patterson, Guernica
Roman *traduit de l'anglais par Raymond Clarinard*

Pierre Pelot, Les Normales saisonnières
Roman

Pierre Pelot, L'Ombre des voyageuses
Roman

Pierre Pelot, Méchamment dimanche
Roman

Marie Phillips, Les dieux ne valent pas mieux
Roman *traduit de l'anglais par Erika Abrams*

Chantal Portillo, Petite Punaise blanche
Roman

Roman Rijka, Les Sept Trains de l'impératrice
Roman

Roman Rijka, Les Champs cannibales
Roman

Corinne Roche, Fred et Mathilde
Roman

Corinne Roche, Mazel tov, mister Poullaouec !
Roman

Corinne Roche, Une petite fête sur la planète
Roman

Tatiana de Rosnay, Elle s'appelait Sarah
Roman *traduit de l'anglais par Agnès Michaux*

Tatiana de Rosnay, La Mémoire des murs
Roman

Jörg Sambeth, Incident à Seveso
Document *traduit de l'allemand par Raymond Clarinard*

Marcus du Sautoy, La Symphonie des nombres premiers
Essai *traduit de l'anglais par Raymond Clarinard*

Marcela Serrano, L'Auberge des femmes tristes
Roman *traduit de l'espagnol (Chili) par Anne Proenza*

Steinunn Sigurdardóttir, Le Cheval Soleil
Roman *traduit de l'islandais par Catherine Eyjólfsson*

Gérald Tenenbaum, Le Geste
Roman

Gérald Tenenbaum, L'Ordre des jours
Roman

Mary Wesley, La Pelouse de camomille
Roman

Georges Yémy, Tarmac des hirondelles
Roman

Achevé d'imprimer
sur Roto-Page
par l'Imprimerie Floch
à Mayenne, en novembre 2008.
Dépôt légal : janvier 2009.
Numéro d'imprimeur : 72284.

Imprimé en France